Nirezaki & Kenneth
「百五十年ロマンス」

百五十年ロマンス

遠野春日

キャラ文庫

この作品はフィクションです。
実在の人物・団体・事件などにはいっさい関係ありません。

目次

口絵・本文イラスト／ミドリノエバ

百五十年ロマンス

1

太陽テレビの椋梨《むくなし》です、と名乗った声は、落ち着き払いすぎていて正直まったく楡崎晶《にれざきしょう》の気を惹《ひ》かなかった。

電話で顔が見えないので、声から受ける印象でしか相手を想像することができず、椋梨がどういう人物かそれだけで判断するのは早計だが、元より気乗りしない依頼だったため、どうしても手厳しくなる。楡崎はいわゆる業界人と称される連中が苦手だ。ノリが軽くて、たいして親しくもないうちから馴《な》れ馴れしい態度を取られて、不愉快極まりない。

そういう意味では椋梨はむしろ淡々としていて愛想がないくらいだが、それはそれで、いい感じはしなかった。深夜枠にもかかわらず視聴率の高い番組のプロデューサーだというから、おそらくそれなりにキャリアのあるお偉いさんなのだろう。

今や作家としてより、それ以外の要素ばかりが注目され、図らずもタレントと化してきたきらいのある楡崎など、心の中では侮蔑しているのではないか。他でもない楡崎自身がそんなふうに常々感じているものだから、つい自虐的になり、卑屈なことを考える。

「この間スタッフの方から伺った『ルーツ～一枚の家系図～』出演の件でしたら、やっぱり気が乗らないので辞退させていただきたいのですが」

しばらく考えさせてくださいと、返事を保留にしていたら、プロデューサーから直々に連絡が来て驚いた。向こうは予想以上に真剣にオファーしてきているようだ。これはさっさと断ったほうがよさそうだと思った。

『気が乗らない』

椋梨は楡崎の言葉を、感情の乏しい口調で鸚鵡《おうむ》返しにする。それだけでも楡崎は、嫌味な言い方だとカチンときたのだが、椋梨は自分の弁が楡崎の癇《かん》に障るとは思ってもいなそうに続ける。

『楡崎家は江戸時代後期から続く旧家で、先生が現在お住まいの洋館を建てた方は、ごく限られた人しか海外に行けなかった時代に、政府から派遣されてイギリスに渡り、現地で知り合った英国人女性と結婚なさったそうですね。当時としては夢のあるロマンチックな話だったでしょうね。ご先祖のそうしたエピソードにまったく興味ないですか』

「なくはないけど……」

まったく、などと強調されたら、さすがに否定せざるを得ない。

実のところ、そのあたりの経緯については楡崎も詳しく知りたい気持ちはある。自分にもごく僅かながら英国人の血が混ざっているのだと思うと、高祖父の父の妻のほうの家系図も辿《たど》ってみたくなる。

よくは知らないが、高祖父の母はイギリスでそれなりに裕福な家庭のお嬢様だったらしい。貴族ではないもののかなりの資産家で、上流階級に属し、社交界ではもてはやされていたようだ。

　高祖父の父は江戸時代の生まれで、高級官僚としてイギリスに行ったのは二十七、八歳頃だったと聞いた気がする。高祖父の母とは七つほど差があり、若い妻のためにイギリスの著名な建築家に設計を依頼して、完全に西欧様式の洋館を建てたそうだ。それが今楡崎が暮らしているこの屋敷だ。

　きっと熱烈に愛し合っていたのだろう。自分には縁のなさそうな話だが、確かにロマンチックで、想像しただけで微笑《ほほえ》ましい。二人の馴れ初めや、結婚してからのことがわかるなら知りたいと思う。

　二十世紀に入ってから二人の孫にあたる曽祖父が誕生し、二度の世界大戦の間に祖父が、そしてその後に父と楡崎が続く。

　楡崎の両親はいずれも短命で、母は楡崎が二歳になったばかりのときに、父は楡崎が大学を卒業した翌年に、それぞれ病気が原因で亡くなった。母のことは写真でしか知らず、物心ついたときには父一人子一人だったが、よもや父まである日突然脳溢血《のういっけつ》で倒れ、数日後に帰らぬ人になるとは想像もしなかった。楡崎は二十三歳で跡を継ぎ、今年二十七になる。目下交際している相手はおらず、当分結婚の予定はない。

この程度のことは少し調べればすぐにわかる。楡崎家は県下では知る人ぞ知る旧家だ。家系図も残されており、それほど苦労することなく相当何代も前まで遡れる。

それを、さも苦労して調べたかのごとくドキュメンタリー番組に仕立てるつもりだとすれば、制作側は楽のしすぎじゃないかと皮肉の一つも投げかけたいところだ。だが、こうした機会でもなければ、自分で掘り下げてみようとは考えなかっただろうから、言わぬが花という気もしないではない。

『こちらとしては、その十九世紀後半の海を越えたロマンスに焦点を当てて番組を構成したいと考えています。企画を通すために先立って少々調べさせていただいたのですが、その際に入手した資料がありますので、一度目を通してもらえませんか』

椋梨は諦める気配もなく、穏やかな声音で結構押してくる。

そう言われると楡崎も心が動いた。出演を承諾すると確約はできないが、先祖に関する資料があるなら見たい。見ればその気になるかもしれない。

それでもよければ、と予防線を張る楡崎に、椋梨は『いいですよ』とあっさり言う。

『郵送しますので、それを見て、あらためてお返事を聞かせていただければ結構です』

「結局お断りするかもしれないですよ」

『さぁどうでしょうかね』

最後は何やら自信ありげな、含みを持たせた言い方をされ、楡崎はちょっと不穏な心地になった。早くも椋梨の術中に嵌まった気がして落ち着けない。こんなふうに考えること自体が手練《てだ》れのプロデューサーの手腕に振り回されているのだ、と己に言い聞かせる。依頼を受けるも受けないも、決めるのは楡崎自身だ。誰かの思惑に乗せられるのはごめんだった。

自分でもいささか依怙地《いこじ》になっていると思うが、楡崎は今のスタンスに納得しておらず、タレントめいた仕事はあまり受けたくないのが本音だ。本業は作家のつもりなのに、ここ何年かは鳴かず飛ばずで焦りがある。にもかかわらず、テレビや雑誌からは顔出しでのオファーがしばしば舞い込む。そのたびに、世間に求められているのは、このちょっと一般人離れした見てくれのよさと、旧家の若き当主で、働かなくても十分優雅な生活が送れる身分だという話題性のほうなのだと思い知らされる。

皮肉なものだ。

話題性というなら、楡崎の作家としての経歴がそもそも世間に注目されるきっかけだった。大学時代に文芸誌に投稿した作品が編集者の目に留まり、改稿を重ねたのち雑誌に掲載されたのだが、なんとそれが新人文学賞の最高峰として有名な馬酔木《あしび》賞を受賞し、一躍文壇の寵児《ちょうじ》に祭り上げられた。楡崎が二十一歳の時で、今から六年前の話だ。

史上最年少の馬酔木賞受賞作家として連日のように取材を受け、メディアに露出しだすと、楡崎の容姿や、旧家の御曹司だといった部分がクローズアップされるようになった。おかげで受賞作を単行本化した初めての書籍は何度も重版がかかり、ベストセラー作家と呼ばれた。

方々でちやほやされ、引っ張りだこの状態に、楡崎も最初の頃は満悦していた。

だが、一年経ち二年経《た》っても次の作品を書き上げることができず、結局在学中に出せたのは馬酔木賞受賞作一冊だけだった。世間の楡崎に対する関心が、作家としてより、美貌の名家当主というスタンスのほうへスライドしていったのも、当然と言えば当然かもしれない。

その後なんとか二冊目の著書を出せたが、馬酔木賞作家の待望の新刊として話題になったのは一瞬だけだった。好評とはお世辞にも言えず、返品率がかなり高かったようで、版元には申し訳なかった。

現在三作目に取り組んではいるが、書き始めてから一年近く経つのに、担当編集者から特に催促されることもない。期待されていないのがわかるだけに、楡崎もやる気が出ず、この一月ばかりは原稿を開いてもいない。

こんな腑甲斐《ふがい》ない有り様でも、楡崎には、自分はタレントではなく作家だという気持ちがある。芸能界は肌に合わない。実際に関わってみて感じた。トーク番組で弄《いじ》られるのも、クイズ番組で心臓の悪い思いをするのも、もうごめんだ。ドキュメンタリー番組からのオファーは今回が初めてだが、ルーツを辿るなど、自分を丸裸にされるようで、他のどんな番組より遠慮したい。話した感じでは、プロデューサーも一緒に仕事をして楽しそうな人物だとは思えなかった。

まぁとにかく、送られてくる資料を読んでみて、それからどう断るか考えればいい。

椋梨には悪いが、楡崎の気持ちは十中八九出演を断るほうに傾いたままだった。

＊

椋梨から資料が届いたのは、電話があった翌日だった。その日のうちに宅配に載せてくれたらしい。

話し方は穏やかで、感情の起伏があまりなさそうな、インテリっぽい印象が強かったが、海千山千の業界でプロデューサーにまで昇り詰めただけあって、行動は早いようだ。

所用で外出していた楡崎は、午後九時過ぎに帰宅し、長年勤めてくれている執事から厚みのある書類袋を受け取った。

「ありがとう。あとで書斎にコーヒーを持ってきてほしいんだけど」

「畏《かしこ》まりました」

執事の神内《じんない》は楡崎が脱いだ秋物のコートを預かり、恭しくお辞儀をする。

楡崎家には彼の他にもう一人通いの家政婦さんがいて、二人で先祖代々受け継いできた洋館を切り盛りしてくれている。楡崎一人には大きすぎる家で、神内が昔ながらに住み込みで勤めてくれて助かっている。

居間ほどの広さがある玄関ホールを抜け、絨毯《じゅうたん》を敷き詰めた階段を上がって二階の書斎に向かう。靴は履いたままだ。自室でだけ室内履きに履き替える。

子供の頃からそういう習慣なので、よそのお宅にお邪魔するとき、うっかり土足で上がらないよう気をつけている。

楡崎の母もこの西欧風の生活様式には結婚直後かなり戸惑ったらしい。父が短かった結婚生活を偲《しの》んで懐かしそうに話してくれたことがある。母自身、資産家の娘として育っており、母方の祖父母の家は楡崎邸に勝るとも劣らぬ豪邸だが、さすがに靴を履いたままということはない。ホテルなどならばともかく、一般住宅としては珍しい仕様だろう。父によれば、母は物怖《ものお》じしない明るい人で、失敗することがあってもお茶目で可愛《かわい》らしく、ますます好きになるばかりだった、と話の端々で惚気《のろけ》られたものだ。父は母をとても愛していて、再婚など考えもしなかったらしい。今は、あの世できっと仲睦《なかむつ》まじく過ごしているだろう。

楡崎家のルーツを辿る資料を手にしたせいか、両親を思ってしんみりとする。

今日、都内で会った二人の同窓生からも、近々一緒に暮らすことになりそうだ、と聞かされたばかりで、このところ家族について考える機会が多い。

同窓生のうち一人は尼子憲俊《あまこのりとし》と言って、高校からの友人だ。もう一人は大学に入って知り合った谷崎悠真《たにざきゆうま》。三人とも同じ学部だったので、よく一緒に行動した。卒業後もときどき会って、近況報告などし合っていたのだが、二人がそういう仲になっていたとは、今夜打ち明けられるまで全然気づいていなかったのでびっくりした。自分だけ置いていかれた気がして一抹の寂しさは感じるものの、レストランで乾杯して共に祝福できてよかった。

天井まで届く書棚が一方の壁面を埋め尽くしているため、書斎は日差しの影響を受けにくい北側にある。屋敷内はセントラルヒーティングで、どこにいてもさほど寒さを感じないが、書斎にはいちおうガスバーナー式の暖炉も備え付けられている。エアコンなどなかった時代は薪《まき》を燃やす暖炉で部屋を暖めていたそうだ。

十一月に入ると朝晩はかなり冷えるようになってきた。

楡崎は暖炉に火をつけ、傍らの安楽椅子に座り、資料を書類封筒から取り出した。紙ファイル二冊に綴《つづ》られた、楡崎家のご先祖について調べた資料は、想像以上の詳細さで、読みだしてすぐ引き込まれた。

楡崎にとっても最も興味深いご先祖は、この屋敷を建てた高祖父の父だ。イギリスから花嫁を連れ帰った話は、一族の近年の歴史の中で一番ドラマチックで、親族が集まる場で昔話が始まると誰かが口にする。楡崎も子供の頃から何度も聞かされたものだ。

とはいえ、親族間のそれは、あくまでも噂話《うわさ》の域を出ないお喋《しゃべ》りで、どこまで真実か眉唾なところもあったと思う。あらためて年代まで特定された客観的な資料を見るのは新鮮だった。

それによると、高祖父の父、楡崎秀一郎《しゅういちろう》が渡英したのは一八七五年、二十八歳のとき。当時イギリスに行った日本人は百三十名あまりで、政府から派遣された役人や学者、企業が日本製品を売るための市場調査をさせるべく送り込んだ社員等だったらしい。

エリート官僚だった秀一郎はロンドンに十ヵ月ほど滞在し、その間に上流階級たちと親しく交流したようだ。舞踏会や晩餐会にもたびたび招待され、そこでディヴィーズ家の三女アンと知り合った。

アン・ディヴィーズ、後の秀一郎の妻であり、楡崎の高祖父の母にあたるレディだ。

アンは当時二十一歳。きっと瑞々《みずみず》しく可愛らしい女性だったのだろう。

想像しながらページを捲《めく》った楡崎は、そこにセピア色の写真が挟んであるのを見て目を見開いた。

色褪《いろあ》せたモノクロのポートレートだ。ドレスを着て帽子を被《かぶ》った、若い少女のような女性がカメラ目線で写っている。吸い込まれそうな大きな目に、視線を釘付《くぎづ》けにされる。クリノリンを入れて膨らませたスカートには、フリルがふんだんにあしらわれ、バックに大きなリボンが付いているのが見て取れる。黒っぽい髪は美しく結われ、頭上にデコラティブな帽子を飾りのように載せている。

写真を手に取って裏面を確認すると、『アン・ディヴィーズ』と手書きのアルファベット文字がインクで綴られていた。

この人が高祖父の母なのかと思うと、実際には会ったことも話したこともないのに、懐かしさのようなものが込み上げる。自分でもなぜそんな気持ちになるのかわからない。心がざわつくというのか、なんとも不思議な感覚だ。

何歳くらいのときの写真なのだろう。

おそらく結婚前にイギリスで撮ったものと推察されるが、すでにいっぱしのレディの風格がある。この時代の上流階級の女性は二十歳前に婚約しているくらいでちょうどよかったらしいので、実際の年齢より大人びて見えたかもしれない。

それより疑問なのは、この写真を椋梨はどういう経路で入手したかだ。

嫁ぎ先である楡崎家にすら残されていない貴重な写真だ。秀一郎は写真嫌いだったそうで、自分はもちろん、妻子と一緒の家族写真などもいっさい撮らなかったと聞く。

企画の段階で、わざわざイギリスに調査しに行き、生家を訪ねて話を聞きでもしたのだろうか。それ以外にこんな古い写真が容易《たやす》く見つかるとは思えない。

番組制作スタッフの調査能力のすごさというか、企画を通すための並々ならぬ執念と努力を感じ、楡崎はありがたいような、怖いような気持ちになった。

これは断るのに断固とした意志を要しそうだ。生半可な態度では押し切られるだろう。今さらながらに興味本位で資料を読みたいと思ったことを後悔する。だが、この期に及んでファイルを閉じることはできなかった。

アンの写真を傍らのコーヒーテーブルに置き、再び資料に目を通しだす。

ディヴィーズ家は爵位こそ持たないものの、かなりの広さの土地を所有する大地主だったらしい。現在も子孫がブリストルという南西部の都市に一軒家を所有して暮らしているが、すでに土地の大半は売却され、当主は会社勤めをしているそうだ。

秀一郎はアンの両親であるディヴィーズ夫妻にたいそう気に入られており、イギリス滞在中頻繁に家に招かれ、食事や狩猟、ゴルフなどを家族と共に楽しんでいたらしい。

そうするうちにアンと気持ちを通じ合わせ、両親からも祝福を受けて婚約。その後、秀一郎の帰国に合わせて結婚式を挙げ、二人で日本に戻った、というのが楡崎がよく聞かされた話だ。

資料にもそれとほぼ同じ内容の記載があるが、楡崎が知っている以上の詳しい情報はないようだった。なにせ百四十年あまり昔の話だ。はっきりしているのは、一八七六年に夫婦揃《そろ》って帰国し、二年後に高祖父が誕生したということだ。

それでも客観的に事実として確認できた上、初めて見る高祖父の母のポートレートまで見せてもらって、楡崎は満足していた。

資料はまだ続いているが、パラパラと後半を適当に捲ってみたところ、こちらのファイルには曽祖父までの来歴が纏《まと》められているようだった。

今夜のところはここまでにしておこう。そろそろ神内がコーヒーを持ってきてくれる頃合いだ。そう思ってファイルを閉じたが、すぐに写真を元の場所に戻し損ねたことに気がつく。

もう一度開き、該当のページを探していたところ、さっきは見なかった一ページ先に、鉛筆で波線が引かれた箇所があって、目を留めずにはいられなかった。

「……えっ……？」

読み飛ばさせないように下線で目立たせた文章を一読したとき、楡崎は悪質なゴシップの類いをどこからか引っ張ってきたのか、とまず嫌な気分になった。

そこにはこんなふうに書かれていた。

『表向きは、日本人の高級官僚と周囲にも祝福されて華やかに挙式したアン嬢だが、実は家族しか知らないひた隠しにされていた秘密があったようだ。

アン嬢は秀一郎氏と出会う前からとある男性と密《ひそ》かに交際しており、両親が秀一郎氏を結婚相手にと考えだしたので、その男性と駆け落ちの約束をしたというものだ。

幸いその計画は、家族の知るところとなって、駆け落ちは未遂に終わった。

その後、アン嬢は両親の説得を受け入れて男性と別れ、秀一郎氏と結婚、海を渡って未練を絶ち切ることにしたらしい』

「いや、こんな話、聞いたことがない」

単なる噂話だろうと楡崎は苦々しく笑って無視しようとした。

たとえこれが真実だとしても、だからどうだと言うのか。

誰も悪いことをしたわけではない。

秀一郎は何も知らされず、ある意味騙《だま》されてアンと結婚させられたのかもしれないが、本人がアンを愛していたのなら、たいした問題ではないだろう。

頭ではそんなふうに冷静に考えられる。

けれど、感情の面ではやはりちょっと不満で、こんなのは嘘《うそ》だと反論したい気持ちが燻《くすぶ》っていた。

もっと二人について、もしくは、その駆け落ちするはずだった男性について書かれていないかと、その先も読み進めてみる。

秀一郎とアンに関する記述は数ページにわたってなされていたが、この不穏な裏話を補足する文章は見つからない。

ムキになって読み進めるうちに、次第に眠気が差してきて、欠伸《あくび》が出るようになった。

普段あまりアルコールを嗜《たしな》まないのに、友人同士のめでたい報告を祝って皆でシャンパンを一本空けたのが、今になって酔いを運んできたようだ。

暖炉の傍《そば》の心地よい温《あたた》かさも加勢して、楡崎は椅子に埋もれ、いつのまにか寝息を立てていた。

2

「お客さん、お客さん！」

耳元で不機嫌そうな声がする。

ゆさゆさと荒っぽく体を揺すられ、弾みで頭がカクカクと首振り人形のように動き、強制的に目覚めさせられた。

寝惚《ねぼ》け眼《まなこ》で見上げた先に、制服制帽姿の外国人の姿がある。面倒がっているのを隠さない仏頂面だ。

「降りてください。終点です」

——終点？

きょとんとした楡崎を、車掌と思《おぼ》しき男は苛立《いらだ》ちの混じった声で急《せ》き立てる。

「ロンドン！　セント・パンクラス駅！　早く降りて」

「は……？　えっ？」

慌てて周囲を見回す。

三人掛けのシートが向かい合わせに設置されたレトロな内装のコンパートメント車両に、楡崎はポツンと一人だけ取り残されたように座っている。駅と言うから咄嗟《とっさ》に列車だと認識したが、何も聞かされていなかったら馬車の中かと思うような個室だった。

体格のいい車掌が、タラップに上がって狭い出入り口から中に半分身を乗り入れている。扉の外には通路などなく、直《じか》にホームに降りる形式のようだ。カーテンが束ねられた車窓から覗《のぞ》けるプラットホームには旅客が溢《あふ》れている。行き交う人々の服装は明らかに現代のそれではなく、十九世紀あたりのファッションだと思われた。

「えっ、なんで？　なに……これ！」

目が覚めたら、いきなり過去のロンドンにいた？

わけがわからず混乱し、頭が破裂しそうになる。ワーッと叫びたいのを堪《こら》え、もう一度車掌の不機嫌そうな顔を見た瞬間、天啓が下りてきたかのごとく「そうか！」と悟った。

そうか、これは夢なんだ。

車掌の喋る英語が理解できる。楡崎もいちおう英語は話せるが、現代英語とは違う部分もあるのに、わかるのだ。

これは絶対夢だ。自分は今、夢の中にいる。

楡崎は己を無理やり納得させていた。

百五十年近く昔に英国から嫁いできたアン嬢の写真を見て、高祖父の父と知り合う前に何やら曰《いわ》くがありそうな記述を読み、モヤモヤとした気持ちになったところまでは覚えている。それからウトウトし始めて、椅子に座ったまま寝落ちしたようだ。

楡崎はめったに夢を見ない。見ていたのだとしても覚えていないことが多い。だからだろうか。夢の中でさえも、ここはどこなのかとか、どうしてこんな状況に陥ったのかなどと考え、戸惑ってしまう。

「えーっと、今西暦何年でしたっけ?」

「寝惚けてるのか。一八九〇年だ」

座席から起《た》ち上がって聞いた楡崎に、車掌は頭の天辺《てっぺん》から爪先まで、奇異なものでも見るかのような視線を浴びせた。

楡崎もつられて己の姿を見下ろし、寝入ってしまったときの格好のままであることに気がつく。夢らしいと言えば夢らしいのかもしれないが、自分がここに存在しているという感覚があまりにも強くて、タイムスリップでもしてきたような感覚《しんきょう》が付き纏う。

「あ、僕日本から来たばかりで」

何か言い訳しないと気まずかったので咄嗟にそう口走っていた。

「だろうな。言葉がちょっと変だ」

車掌は胡乱《うろん》な眼差《まなざ》しで楡崎を一瞥《いちべつ》し、ズケズケと言う。楡崎が扉に近づくと、すぐに身を避《よ》け、ホームを歩いて隣のコンパートメントの点検に向かった。

踏み台を使って列車を降り、屋内型のプラットホームに立った楡崎は、駅舎の華美さと威風堂々ぶりに感嘆し、うわぁと声を洩《も》らしそうになった。

さすがは大英帝国華やかなりし時代だ。

楡崎はほとんど国内から出たことがなく、イギリスも未踏なのだが、先祖縁《ゆかり》のこの時代のロンドンには関心が深く、少しばかり知識がある。

産業が大発達し、鉄道会社もしのぎを削っていた十九世紀半ば過ぎ、セント・パンクラス駅はミドランド鉄道が、ライバル社のキングス・クロス駅のすぐ隣に建てた駅だ。二度の大戦で当初の建物は無残に破壊されてしまい、再建はしたものの、その後の自動車輸送の発達で交通情勢が変化し、取り壊しの危機に直面する事態もあった。そうした様々な危機を乗り越え、二十一世紀に大規模な改築工事が施され、以来ユーロスターが発着する国際駅となっている。ゴシック・リバイバル様式の駅舎で、名高いホテルも構内にある。

その建物が原形のまま存在し、自分がそこにいるなど、まさに夢だ。

床から二十メートルはありそうな高い天井を仰ぎ見る。

側面から天井にかけて鉄のフレームが格子状に組まれ、そこに嵌《は》め込まれたガラスを通してどんよりとした冬空が見える。晴れた日には日光が燦々《さんさん》と降り注ぎ、全然違う印象を受けるのだろう。

数ラインあるプラットホームは、毛皮の付いた上着やショール、外套《がいとう》などで旅装した紳士淑女たちで賑々《にぎにぎ》しい。皆暖かそうな格好をしている。

それに引き替え、楡崎はコートも手袋も身に着けておらず、骨が軋《きし》みそうなほど寒い。空気の冷たさが肌に突き刺さるようで、日本との気候の差を思い知る。

冷えてきた指をジャケットのポケットに突っ込みかけて、中に紙片のようなものが入っていることに気がつく。

なんだろう。

覚えがなくて訝《いぶか》りつつ引っ張り出してみると、例の古い写真だった。清廉な少女らしい笑顔でこちらを見つめるアン・ディヴィーズと目が合い、楡崎は妙な気分になった。

ひょっとすると彼女が楡崎をここに導いたのではないか……どうしてだか、そんなふうに思えてきた。

だが、一八九〇年にはアンはすでに高祖父の父と結婚して日本で暮らしていたはずだ。なぜこの時代なのか、腑に落ちない。

単にヴィクトリア朝時代の故郷を子孫である楡崎に見せたいだけで、深い意味はないのだろうか。

楡崎は真剣に考える。そうするうちに夢の中の自分は、これが夢だという感覚を薄れさせていき、実際に十九世紀に来ているのだと捉えるようになっていた。

なんの奇縁か知らないが、今自分はアンがイギリスにいた頃と極めて近い時代にいる。近いと言っても十四年前には日本に渡っているのだが、二十一世紀から彼女の足跡を辿るのと比べたら誤差の範囲内だ。

この際なので、椋梨が送ってきた資料に意味ありげに書かれていた駆け落ち未遂の件について、調べてみたい。十九世紀のロンドンを観《み》てまわりたい気持ちもあるが、それ以上にこちらのことが気にかかる。なにより、写真のアンにそうしてくれと望まれているように思えて仕方がなかった。

楡崎はアンの写真を内ポケットのほうに仕舞い、駅舎を出た。少し離れた位置からあらためて壮麗な歴史建造物を振り返る。やはりすごい存在感だ。知らずに見たら、駅とは思わないだろう。

駅舎の壁に大きな時計が掲げられており、それで時刻がわかった。午後一時過ぎ。ロンドンの日没時間は東京《とうきょう》とさほど差がないはずなので、今時分なら四時半くらいだと思っておけばいい。できるだけ早めに今夜泊まる場所を確保しなければ。夜は街中でもきっと楡崎が経験したことのない暗さになるに違いなく、不慣れな者がうろつくのは得策でない気がする。

まずはここで使える通貨を工面することからだ。

楡崎はいつも左手の中指に嵌めている指輪に触れた。これくらいしか金目の物は持ち合わせがない。シンプルな金の指輪だが、それなりに重さがあるので、売れば当面の軍資金程度にはなるだろう。

商店が軒を連ねる通りを少し歩いただけで質屋は三つ四つ見つかった。

そのうち最も雰囲気がよくて入りやすそうな店で指輪を見せると、楡崎が予想した以上の値を付けて引き取ってくれた。

ついでに、まだ全然くたびれていない上質の外套を質流れの安値で買い、これ以上寒い思いをしなくてすむことになった。

そのほか当面必要な日用品は、個別に売っている店を回って調達する。百貨店もあったが、手持ちのお金に限りがあるため、なるべく安価にすませられるほうがよかった。

下着や洗面道具などを入れておける手頃な鞄《かばん》も古道具屋で見つけ、なんとなく気持ちが落ち着く。すると今度はお腹《なか》が空《す》いてきた。

商業店舗が軒を連ねる繁華街に、パイ&マッシュの店があったので、そこで遅めのランチをとりながら、この後どうするか考えることにする。

人気の店なのか、中途半端な時間帯でも店内はほどよく混んでいた。

カウンターで注文してお金を払い、受け取った料理を自分でテーブルに運ぶ。紅茶も一緒に頼むと、飲みものだけは後で持ってきてくれた。

平らな皿に、ハンバーグのような形をしたパイがどーんと置かれていて、皿からこぼれんばかりに、刻んだパセリ入りのリカーソースがかけられ、脇にはこれまたどーんとマッシュポテトが添えられている。

パイの中身は牛挽肉《ぎゅうひきにく》だ。唐辛子がきかせてあって、ソースと絡めて食べると美味《おい》しい。濃いめに淹《い》れたミルクティーやマッシュポテトとの食べ合わせもよく、お腹いっぱいになって満足した。

食べている間に考えたのは、アンの生家であるディヴィーズ家を訪ねてみることだった。しかし、自分をどう説明すれば不審がらずに会ってもらえるかで悩んだ。

ディヴィーズ家の当主は貴族の称号こそ持たないものの、社交界にも顔の利く大地主だ。上流階級の名士なので自宅は労せずして調べられるだろうが、日本人の楡崎が伝手《つて》もなく面会を申し込んだところで、取り合ってくれるとは思えない。気軽に訪問できる家格の家ではないのだ。未来から来た子孫ですと正直に言うわけにもいかず、この線は諦めるしかなさそうだった。

それだけの名家であれば、アンの婚約や結婚は多少なりと話題になっただろう。当時の新聞や雑誌に何かしら記事が載ったのではないか。楡崎はふと思いつく。

発行元の新聞社に行けば、十四、五年前の紙面もきっと保管されているはずだ。

結婚前に親しくしていた男性が本当にいたのなら、そちらに関する噂もひょっとしたらあったかもしれない。

パイ&マッシュの店員に、社交欄が充実しているのはどの新聞かと尋ねていると、隣のテーブルに着いていた労働者ふうの男性が、持っていた新聞を「読み終えたからやるよ」とくれた。

確かにゴシップや、物事を風刺した記事が多い。いわゆる大衆紙と呼ばれるもので、週に二回か三回か発行されているらしい。この新聞社の所在地は、今いる場所からそれほど遠くなさそうだったので、ここを訪ねてみることにした。

店を出て、馬車や馬バスで混雑した大通りを歩く。まだまだ自動車は主流ではないようだ。その一方で、地下鉄は何年も前から走っており、大英帝国の隆盛ぶりを感じる。

新聞社のビルはすぐにわかった。

一階に受付があって、係の男性に来訪の目的を話すと、三階に行けと言われた。資料課でバックナンバーの閲覧希望者に対応しているらしい。

資料課の部屋は、昼間でも日の差さない薄暗く寒々しいところだった。

木製の新聞挟みに一月分ずつ閉じられた形で、今まで発行されたものがすべて保管されている。案内してくれた初老の担当者は、帰るとき声を掛けてと言い置いて、忙しそうにせかせかと出ていった。自分は作家で、執筆に必要な資料を探している、という楡崎の言葉を疑った節もない。悪事を働きそうな顔や態度はしていなかったようだ。

腰高窓に向き合う形で据えられた机に十四年前の新聞を広げ、社交界に関する記事を見ていく。

本来の楡崎からすれば、先祖が渡英したのは百四十六年も前の話だ。その年のいつ頃入国したのかといった詳細までは伝わっていない。年を跨《また》いだ可能性も大いにある。

とりあえず扱いの大きな記事を翌年の分までさらうことにした。

灰色の空から今にも冷たい雨粒が落ちてきそうな景色が、ふと視線を上げたとき目に入る。なんとなく気分が沈む光景で、一人きりで見知らぬ場所にいることが心許《こころもと》なく感じられてくる。

楡崎には兄弟はおらず、友人もさほど多くない。そして、作家という職業は基本孤独なものだ。一人には重々慣れているはずだが、さすがにこの状況はイレギュラーすぎて、ふとした拍子に心に隙ができるようだ。

言葉はだいたいわかるし、読み書きもなんとかなっているのが幸いだった。

ただ、元の世界にいつ戻れるのかわからない、これが本当に夢なら金銭が尽きる前に覚めてほしいという、現実的な、先の見えない不安が付き纏う。せっかく十九世紀にいるのに手放しで楽しめないのは残念だ。

ともあれ、気を取り直して紙面を捲り続けていたところ、翌年の三月中旬に発行された号に、アン・ディヴィーズの結婚を報じる記事を見つけた。

かなり大きな見出しにアンの名前が書かれていたので、捲った途端目に飛び込んできた。まだ新聞に写真がそのまま印刷されることはまずなかった時代らしく、写真を木版画に起こした挿画がトップ記事に付いているかどうかというくらいで、ほとんどのページは文字で埋まっている。見出しで引きつけられなければ見過ごしたかもしれない。

『社交界の花、ディヴィーズ家三女のアン嬢を射止めたのは東洋のインテリジェント美男子！

二人は本日大勢の参列者が見守る中、神の祝福を受けて○○教会にて式を挙げ、晴れてご成婚と相成った。新郎のシュウイチロウ・ニレザキ氏は日本政府より派遣されている高級官僚で、今月末に任期を終えてご帰国の予定。アン嬢も一緒に海を渡られる】

こんな調子で記事は書かれていた。お堅い高級紙とは違って、読者の興味を煽《あお》りそうな、ちょっと下世話な内容がこの後も続く。アン嬢の結婚で多くの独身男性が悔し涙を流しただの、楡崎氏も日本の名家出身のお金持ちで、高学歴の将来有望な紳士であるだのといった感じだ。

さすがにここにはお互いの過去のゴシップ的なことは書かれていない。

椋梨が送ってきた資料にあった駆け落ち未遂事件が事実だったとしても、家族以外知らない秘密だとすれば、その男性との関係を記事にされたことはないのだろう。

やはりディヴィーズ家の人間に直接聞く以外真実を確かめる方法はなさそうだな、と半ば諦めかけながら、結婚式より遡ってもう一度、今度は丹念に紙面を見ていく。

すると、結婚の三ヶ月ほど前に、気になる記事が載っていた。

【先週末○○通り二丁目から三丁目の区画を貸し切って催されたチャリティー・ティーには千名からの市民が来て、ヴィクトリアン・サンドウィッチをはじめとする様々なお菓子の提供を受けた】

チャリティー・ティーとは慈善活動の一種だ。上流や中産階級の人々が、貧困層の人々に軽食をふるまうもので、地域のコミュニティー単位などでよく催されるらしい。

クリスマスシーズンということもあり、このときのチャリティー・ティーは、ハリス家やベネット家、ディヴィーズ家などの名家が合同で取り組んだ、かなり大掛かりな行事だったようだ。

チャリティーを取材した文章の中に、さらっとこんな一節が紛れていた。

【皆で協力し合って慈善活動に勤しむ中、一際微笑ましく筆者の目に映ったのは、休憩中のアン・ディヴィーズ嬢に近づいて話し掛けた青年の姿だ。五分ほど礼儀正しくやりとりして離れた若い二人に、まだ早い春の息吹を感じてほっこりした】

何も知らなければ深読みせずに流しただろうが、アンには別に好きな男性がいたらしいという情報が頭にあるせいで、もしやこの青年がと想像を逞《たくま》しくせずにはいられない。

そう思って読み直すと、本来であればチャリティー記事とはまったく関係ないことを、妙に詳しく書いた記者の意図を勘繰りたくなった。

記者の文章から楡崎が受けた印象は、貧困に喘《あえ》いで食べるものにも苦労している青年が、チャリティーを手伝っている令嬢に感謝するために話し掛けた、というよりも、密かに想《おも》い合っている恋人同士が人目を憚《はばか》りつつ短い時間向き合っていた、のほうが近い。なんとなく、この書かれている青年に、知的生産階級的な匂いを感じるのだ。五分ほど礼儀正しくやりとりして、あたりの表現の仕方からそう思うのだろう。

案外、記者はこの青年がどこの誰だか知っていたのではなかろうか。その上で、のちのちスターンを取れたときの前振りにしたのでは、などと穿った見方をしてしまう。

楡崎は、一度気になりだすと、自分なりに納得がいくまで追及しなければ落ち着けない性分だ。

どうにかして青年のことをもっと詳しく知ることはできないだろうか。

紙面を睨《にら》み据え、腕組みして思案していると、背後で扉がガチャリと開く音がした。

「あれっ、誰かいたのか。悪かったな、いきなり開けちまって」

スタスタと足早に入ってきたのは、ツイードのジャケットを着て、キャスケット帽を被った男性だ。目端が利いて頭の回転が速そうで、見るからに癖のある感じがする。

「こちらこそ長居してすみません」

「えーっと、あんたは？　見かけない顔だけど外部の人？」

初対面でも躊躇《ちゅうちょ》せず、ざっくばらんな物言いで聞いてくる。好奇心旺盛そうな眼差しをとくと浴びせられ、楡崎は居心地が悪かった。何か顔に悪戯《いたずら》書きでもされているのかと不安になるほどしげしげと見据えられる。

相手は顔の老け具合からして四十代半ばくらいかと推察されるが、年相応に落ち着いた感じは受けず、風変わりな印象が強かった。

「何か調べもの？」

男性は楡崎が答えるより先に次の質問をしてきたが、どうやらその返事もさして待つ気はないようだ。

楡崎の横に来て、机に広げられた紙面に視線を落とす。

「ほおーっ、またずいぶん懐かしいのを見てるんだなぁ。あ、これ、俺が書いた記事だ。チャリティー・ティーのやつ」

「えっ」

思わず声が出た。まさかの僥倖《ぎょうこう》だ。

「このときのこと覚えていますか」

気持ちが昂《たか》ぶって、つい前のめりになる。

「覚えてるけど？」

あっさり請け合われ、楡崎は一瞬言葉が出なかった。やはりこれは夢だ、と確信する。そうでないなら、あまりにも都合がよすぎて、誑《たぶら》かされているのではないかと疑ってかかりたくなる。

「申し遅れましたが、僕は日本で小説を執筆している者です。今は見聞を広めるためにロンドンに滞在していますが」

「へぇ。作家さんなんだ。どんなものを書くの？」

「いちおう、文芸作品……です」

青ナなくも語尾が自信なげになる。

「今日は少し前のイギリスの暮らしや社交について調べたいことがあってお邪魔しました。実は僕、こちらにちらっと名前が出てくるアン・ディヴィーズさんのような、海を渡って遥《はる》か遠い国に嫁いだ女性の生き様を主題にした作品を書こうとしているんです」

楡崎は思いつくままに説明する。ほぼ椋梨が言っていた番組制作上の構成だと遅れて気がつき、バツの悪い心地になったが、椋梨がこのことを知る由もない。実際に書くわけではないのだからと、開き直ることにした。

「ふうん。あいにく俺は高尚なものはさっぱりだが、そこに書いてる内容についての話でよけりゃ、なんなりと聞いてくれ。記憶力には自信がある」

男性記者は楡崎の側の細かな事情はどうでもよさそうだ。楡崎も根掘り葉掘り聞かれたら困るので助かる。

「この、アンさんに話し掛けた男性というのはどういう方だったんですか。気のせいかもしれないけど、なんだか含みを持たせた書き方されてませんか」

楡崎が単刀直入に言うと、記者は口の端を上げてニヤリとした顔をする。

「わかるかい。ふふ、もう時効だから言ってもかまわないかな。どのみち狙ったようなスクープにはならなかった一件だし」

「この二人は以前から特別な関係だったとかなんですか」

「確証は摑《つか》めなかったが、おそらくね」

記者はわざとらしく肩を竦《すく》めてみせる。

「その男、ルートンで帽子製作工房をやってるオーウェン家の跡継ぎで、ロイドと言うんだ。当時三十二くらいだったかな。地元では結構知られた一家だが、ディヴィーズ家とは格が違う。知り合ったきっかけというのも、デザインのよさと縫製技術の確かさで上流階級のご婦人方に人気だった帽子を通じてだ。オーウェン帽子店は上流階級にたくさん顧客を持っているのさ」

記者によるとロイドは腕の確かな職人で、流行をいち早く取り入れたオリジナリティのある帽子を作ることに長《た》けており、しばしばロンドンに出てきて顧客と直接やりとりしていたらしい。

アンも得意客の一人で、帽子を作るときは必ずオーウェン帽子店、担当にはロイドを指名して、帽子もロイドもとても気に入っているようだった。最初にロイドと会ったとき、アンはまだ十六歳の少女で、すぐに恋愛感情を抱いたかどうかはわからない。ただ、爽やかな印象の美形で、知性も性格のよさも備わったロイドに、かまってもらいたがってはいたらしい。

「俺がとあるご婦人から噂話を聞いたのは、この取材の数ヶ月前で、二人は出会って数年経ってたわけだけど、まぁ抑制の利いた節度のある関係って感じだったね。好き合ってるのは間違いないと思ったが、いろいろあってやっぱりお互い踏み切れなかったんだろうな。俺としちゃ駆け落ちくらいしてほしかったんだけどね」

悪びれた様子もなく己の都合で勝手な発言をする記者に、楡崎はあらためて駆け落ちが未遂て終わってよかったと思った。

アンにとっては失敗は絶望だったかもしれないが、この記者のように油断のならない人間がスクープを取ろうと手ぐすね引いていたのなら、成功しても後悔することになったかもしれない。

楡崎としては、明治時代に日本に来て生涯秀一郎に添い遂げた英国人女性アンという、これまでどおりの幸せな夫婦像を壊したくない気持ちが先に立ち、ロイドとのエピソードを心のどこかでまだ否定したがっていた。だから、いずれにしてもロイドと幸せになれたはずがないと思いたいのだろう。

「そのいろいろというのは、身分差以外にも何かあるんですか」

「男のほうは、父親が具合を悪くして、工房を継ぐ話が早まるとか、それに合わせて見合いの話が来るとか、身辺が慌ただしくなっていた。アン嬢のほうも、後に結婚することになる日本人をディヴィーズ夫妻が気に入って、しょっちゅう自宅に招いては、どうか、とせっついていたらしい。おそらく両親はアンとロイドが恋仲だと気づいていて、傷がつかないうちに片づけたかったんだろうな」

最後はズケズケと無遠慮に言われ、楡崎はちょっと嫌な気持ちになった。

それが表情にも出ていたのか、楡崎の顔を見た記者は皮肉っぽい笑いを引っ込め、ふと目を眇《すが》めて楡崎を凝視する。

「ああ、そうか。アン嬢だ」

「……え?」

唐突な言葉に楡崎は面食らう。

記者は引っ掛かっていたことが解決したかのごとく、すっきりした顔になる。

「さっきからずっと、どこかで見たことがある顔だなと思っていたんだが、あんた、目鼻立ちがなんとなくアン嬢に似てるんだよ。まさか、実は息子だなんて言わないよな?」

「あり得ないでしょう。僕、二十七ですよ」

当たらずとも遠からずで一瞬ドキリとしたものの、楡崎はうっすら笑って受け流す。

「だよなぁ。ってか、あんた二十七なの? やっぱり東洋人は若く見える。あんたなんか特にほっそりした色白の美人だから、最初見たとき男か女かですら迷ったよ。事情があって男装してるのかとまで考えてさ」

「アンさんは可愛らしくて綺麗《きれい》な方だったようですね。僕は男ですけど、そんな方に似ていると言われて悪い気はしないです」

「ああ。透明感のある美人だった。気品があって、芯が強そうでさ。ああいう女性だったから、外国人と結婚して遠い異国に行く決心ができたんだろうな。確かに、小説の題材にするにはもってこいだ」

「ロイドさんは今どうされているのかご存知ですか」

アン嬢が帽子の注文先を変えた時点で、二人はもう会う気がないのだと察し、以降は追いかける理由がなくなったのだろう。

「十年ほど前、父親が亡くなって彼が工房を継いだと聞いたけど、最近はまったく話題にならないな、そういえば。アン嬢と別れてからはロンドンを避けていた節がある。ルートンに引き籠もって、今も帽子製作を続けてるんじゃないの？」

「そうですか」

ありがとうございます、と楡崎は記者に丁重にお礼を言った。

ここまでわかれば後は自分で調べられる。

外は日が暮れてきて、ますます暗さを増している。

今日はここまでにしておいたほうがよさそうだ。

「この近くにどこかお勧めの宿があれば教えてもらえないですか」

世話になりついでに厚かましく聞いてみる。今から一人で探すより、情報通のはずの記者に紹介してもらうほうが間違いがないだろう。

基本的に人は悪くなさそうな記者は、迷いもせずに、ここか、ここ、と二軒教えてくれた。

どちらも手頃な料金で安全快適に過ごせると太鼓判を押す。

おかげで楡崎は、狭いが清潔なシーツのベッドで十分に休むことができ、助かった。

明日の予定はもう決めてある。

ルートンに行き、ロイド・オーウェンを訪ねるつもりだ。

ロンドンの北約五十キロに位置するルートンへはミドランド鉄道で行けるらしい。奇《く》しくも、車掌に起こされたとき楡崎が乗っていたあの路線だ。

奇妙な符合だと思う。

夢だから、夢を見始めた時点で己が置かれた場所に、それ以前との関連性や整合性を求めはしないが、自分はルートンから列車に乗ってロンドンに向かう途中で寝込んだのではないかと考えると、ルートンを訪れることは間違ってない気がして、何かに引き寄せられてでもいるような不思議な気分になる。

不思議と言えば、いつのまにか上着のポケットに入っていた写真もそうだ。

あの写真を見るたびに何か訴えかけられているように感じられて胸苦しくなる。

記者の言葉も気になっていて、ジャケットをハンガーに掛ける際、内ポケットから写真を抜き取り、アン・ディヴィーズの顔をあらためてじっくりと見た。

確かに、似ていると言えば似ているかもしれない。今まではそんな目で見ていなかったので気づかなかったが、意識して見ると、目の感じや口元が、親子かと間違われても無理ないくらい似通っているように思えてきた。

先祖返り、みたいなものだろうか。

それに加えて列車の合致。

アンとロイドにどこへか導かれている気がして仕方がない。

ざわざわと胸がざわついていたが、不安や不快に悩まされるような感じのざわつき方ではなく、眠りは自然に訪れた。

目覚めたら二十一世紀に戻っているのではないかと、ほんの少し期待したのだが、まだ夢は続いているらしく、楡崎は何事もなかったかのように十九世紀のロンドンの小さな宿で朝を迎えていた。

3

ルートンでは帽子製造業が盛んだが、ほとんどのところでは麦わら帽子を作っており、オーウェンのようにファッション性の高い淑女向けの帽子をデザイン、製作している工房はそれほど多くないらしい。

列車を降りて、駅員に尋ねると、オーウェンの家はすぐわかった。

徒歩でも行けない距離ではなさそうだが、寒いし、雲行きも怪しく今にも雨か雪が降ってきそうな天候だったので、駅前の通りで客待ちをしていた馬車で向かうことにする。

オーウェン家は近隣の住宅と比べると大きく立派で、地方の裕福な中産階級という印象だった。赤茶の煉瓦《れんが》の壁に、グレーの切妻屋根、白い窓枠がアクセントになった、二階建ての瀟《しょう》洒《しゃ》な家だ。建物の一角に、六角形を半分にした形の出窓が一階から二階にかけて設けられており、デザインにメリハリを持たせている。

この母屋の隣に工房と思しき平屋の建物があったが、明かりはついていなかった。平日だが今日は仕事を休んでいるようだ。

前庭を通って母屋の玄関に近づいていく。

楡崎がポーチまで来たとき、ドアが開いて、家の中から背の高い男性が現れた。

心の準備がまだちゃんとできていなかったので、楡崎は挨拶の言葉も咄嗟に出てこず、その場に固まったように立ち竦んでしまう。

男性のほうは驚いた様子もなく、楡崎を見て愛想よく笑いかけてきた。

「こんにちは。庭を歩いてこられるのが見えたので、うちにご用がおありなのかなと思いまして」

三十代くらいだろうか。物腰の柔らかな、感じのいい男性だ。楡崎に向けた眼差しに険しさは感じられず、いきなりの訪問者をうさんくさがる素振りは見受けられない。声音は穏やかで、落ち着き払っており、日本人の楡崎にも聴き取りやすい英語を喋る。

知的な印象の、すっきりとして清潔感のある端整な面立ちから、この人がロイドだろうかと一瞬思いかけたが、すぐに時系列を整理して、そんなはずはないと、この考えを頭から払いのける。

昨日の記者から聞いたロイドの背格好や容貌の特徴が、目の前の男性に当てはまるのでつい本人かと一足飛びに結び付けてしまったが、冷静になってみれば、十四年前に三十二歳だったと言うなら、現在は四十六歳のはずだ。記者が知っている昔のロイドと、この男性がたまたま同じ年頃で、頭がごっちゃになったようだ。

「あの、こちらはオーウェンさんのお宅で間違いないでしょうか」

気を取り直して楡崎は男性に礼儀正しく尋ねた。

相手は百八十五くらいありそうな長身のため、十センチ近く差のある楡崎は少し見上げる格好になる。手足が長くて全体的にスラッとしている上に、肩幅の広さや胸板の厚みはしっかりとあり、とても見栄えがする。

楡崎にとって理想的な佇《たたず》まいの人で、まだ何一つ彼のことを知らないうちから、心臓が鼓動を速め、我ながら戸惑う。楡崎はたぶん同性愛者なのだが、そんなに惚《ほ》れっぽいほうではないと自分では思っていた。それとも、今までは単にここまで好みのタイプと出会ったことがなかっただけなのだろうか。

「ええ。そうですが……」

男性は肯定しておきながら申し訳なさそうな表情をする。

「ロイド・オーウェンを訪ねてこられたのでしたら、あいにく叔父はいません」

「ご不在ですか」

間が悪かったなと楡崎はがっかりした。工房に明かりがついていないのを見た時点でその可能性に思い至るべきだった。

だが、ロイドの甥《おい》だという男性は、沈痛な面持ちになって首を横に振り、さらに楡崎を唖然《あぜん》とさせる話をしだした。

「亡くなったんです。二ヶ月ほど前に」

「えっ」

「大病を患って一年あまり寝たきりでしたが、結局回復することなく死去しました」

さすがにこれは想定外すぎて、楡崎は絶句するしかなかった。

個人的にはまったく知らない人だが、ご先祖が駆け落ちを計画するほど好きだった相手なのだとすれば、会ってみたかった。話してみたかった。そのつもりでルートンまで足を延ばしたのに、残念でならない。

「それは……なんと言っていいのか……。ご愁傷様でした」

どうにかお悔やみの言葉を絞り出す。

「ありがとうございます」

甥の男性は丁寧に返し、ふわりと柔らかく微笑みかけてくる。

「失礼ですが、叔父とはどういったお知り合いでいらしたんですか」

優しい語調で聞かれ、楡崎は、もうこのまま帰ろうと思いかけていた気持ちを引き止められた。

甥の男性と目を合わせる。

視線が絡んだ瞬間、胸が熱くなるような感覚に襲われ、小さく身震いしてしまう。彼と向き合っていると、一挙手一投足に心を動かされる感じで、平静でいるのが難しい。こんなことは初めてで戸惑う。

　彼の目には僅かも楡崎を怪しむ色は浮かんでおらず、それが楡崎に勇気を与えた。ここに来た訳を、できるだけ正直に話そうと決意する。さすがに未来の人間ですと打ち明けると話が複雑になりすぎるので、そこは脚色させてもらった。

「僕は楡崎晶といいます。こちらの女性の親戚です」

　アンの写真を見せて名乗る。

　甥の男性はなぜかホッとしたように見えた。事情を知らずに、これはどなたですかと訝しがるでもなければ、戸惑うとか不愉快そうにするなどのように感情的になるわけでもない。先ほどから終始冷静で、淡々とした人だとは思っていたが、ここで安堵《あんど》するのはちょっとよくわからない。

「よかったら部屋で話しませんか。ここでは寒いでしょう」

　腑に落ちないところはあれど、男性は礼儀正しく、感じがいい。楡崎に断る理由はなかった。むしろ、もっと話したい、耳に心地よく響く綺麗な発音の英語を、ずっと聞いていたいと思う。

「私はケネス・グレンヴィルです。ロイド・オーウェンは母方の叔父になります」

　ケネスは玄関のドアを開け、楡崎を家の中に入らせる。

　自宅でも靴を履いたままの生活に慣れているので、楡崎は躊躇《ためら》うことなく屋内に進み、玄関ホールで外套を脱ぎ、腕に掛けて持つ。

「狭いところで恐縮です」

後から来たケネスが先に立って「こちらです」と客間に案内する。

一つ一つの部屋はそれほど広くはないようだが、ホールも廊下も客間も趣味のいい家具調度品が揃っている。

通された客間には大きな出窓があり、先ほどまでいた庭が眺め渡せた。ケネスはここで楡崎が入ってくるのを見て外に出てきたのだろう。

「体が冷えたでしょう。暖炉の傍にどうぞ。ロンドンから来たんですか」

「はい。鉄道で」

勧められた安楽椅子に腰掛け、安定して燃え続けている暖炉に手を翳《かざ》す。

いちおう手袋は嵌めていたが、お金を惜しんだので安物しか買えず、指先が悴《かじか》みそうだった。

ケネスは慣れた手つきで燃え尽きかけていた奥の薪を崩し、新しい薪をそこに置き、火勢を保つ。

「駅から遠かったでしょう」

じんわりと温もってきた体に、しっとりとしたテノールでゆっくり穏やかに話す声が沁《し》みる。

静かな音楽を聴いているようだ。

「馬車で来たので。歩いたら結構かかりそうですね」

「二十分ほどですかね」

火鋏《ひばさみ》をファイヤーツール掛けに戻し、火の粉がかからないようにスクリーンを手前に置いて、楡崎の向かいに据えられた安楽椅子に落ち着く。

「先ほど見せてもらった写真の女性、アン・ディヴィーズさんですよね」

「ご存知でしたか」

見せたとき、ほとんど無反応に近かったので、逆に誰だか知っているのかもしれないと推察したのだが、勘が当たったようだ。

「叔父が一時期親しくしていたみたいで、二人一緒に写った写真を見せてもらったことがあります」

「えっ。それは今どこに？　僕も見せていただくわけにはいきませんか」

ロイドの写真もあるのなら、どんな人物だったのか確かめたくて、椅子から腰を浮かしそうになったが、ケネスに「いえ」と押し止《とど》められた。

手のひらをこちらに向けて、落ち着くように促すしぐさは、優雅でありながら有無を言わせない押しの強さがあって、楡崎はおとなしく座り直した。

何者なんだろう、このケネスという男。

解せない気分で首を捻《ひね》る。少なくとも柔和で物静かなだけの人物ではなさそうだ。

「叔父が亡くなったとき、本人の希望通り一緒に埋葬したので、今はお墓の中なんです」

「遺言、ですか」

ケネスは誠実で真摯な目で楡崎をひたと見据え、頷《うなず》く。

こんなふうに見つめられると、魂を吸い取られそうな気さえしてくる。それくらいケネスの目力は強かった。威圧感はないのに、身動《みじろ》ぎするのも躊躇うほどだ。

「楡崎さんはアンさんが結婚された秀一郎さんと縁続きの方かと思いますが、ふとしたときの顔つきが、アンさんに似ていますね。私はアンさんを写真でしか見たことがないのですが、そっくりだと思う瞬間があってドキッとします」

「そ、そう……なんですか」

実際にはアンの血もごくごく僅かだが引いている。ケネスが似ていると感じるのはおかしな話ではない。昨日の記者にも同じように言われた。楡崎は日本人の父と母の間に生まれたが、どういうわけかしばしばハーフかと聞かれることがある。小さな頃からだ。色素が薄く、目鼻立ちがはっきりしていて、確かに生粋の日本人っぽくはないかもしれない。

「私も叔父に似ているそうです」

ケネスはさらっと言う。

「背格好や顔つきが若い頃の叔父そっくりだと、本人が言っていました」

「ケネスさんは今おいくつですか」

「三十二です」

同じだ。楡崎は軽く息を呑《の》んだ。ロイドがアンと会うのをやめた歳《とし》と。おそらくは、駆け落ちを阻止されて、別れることになったときの年齢と。

またもや偶然が重なって、もはやこれはなんらかの必然があってのことなのではないかと思えて仕方なくなった。その考えが頭から離れない。

「僕はつい最近ロイドさんの存在を知って、二人はひょっとすると恋人同士だったのではないかと考えだしたんですが、ケネスさんはロイドさんから直接話を聞かれたことがあるんですか」

「はい」

ケネスは短く答えて目を閉じた。

安楽椅子に深く腰掛け、長い脚を組み、左右の肘掛けに両腕を預けた姿は、優雅で気品に満ちている。

楡崎は目を逸《そ》らせず、ケネスが再び口を開くのを静かに待った。いくら見ていても飽きなかったし、彼が必要としている時間を邪魔したくなかった。

「話を聞いたのは二ヶ月前です」

やがてケネスはゆっくりとした調子で話しだした。

二ヶ月前ということは、亡くなる直前だったのだろう。

聞きたいことは他にもたくさんあったが、楡崎は、よけいな口を挟まずに、ひとまずケネスの話を最後まで聞こうと思った。

「二人の出会いは、オーウェン帽子店を介してです。当時、こちらの帽子はロンドンの上流階級の方々にも大変贔屓《ひいき》にしていただいていて、アン嬢をはじめディヴィーズ家のご婦人方にも数多くのご注文をいただいていました。その関係で叔父はディヴィーズ家に頻繁に出入りするようになり、当時十六歳だった三女のアン嬢と仲のいい兄妹のような交流が始まったのですが、次第にそれが恋愛感情になっていったそうです」

二人の歳の差は十一。一回り近く離れている。アンの両親もまさかという感じだったのだろう。

「叔父が三十二のときアン嬢は二十一、私はまだ十八の学生で、ロンドンの寄宿舎にいたので、あの事件のことは当時全然知らなくて、二ヶ月前初めて知ったんです」

「駆け落ち未遂事件、ですね」

「おや。どこからこの話をお聞きになりました？　アンさんご自身からですか」

「あ、いや、違います」

しまったと楡崎は狼狽《うろた》える。テレビ局から送られてきた資料に書かれていたのが、こんなことがあったようだと最初に知った経緯だが、今の自分は十九世紀の人間だ。うっかりするとすぐ忘れそうになり、失言しそうになって焦る。仮にも作家のくせに、構成力の弱さに我ながら失望する。

「二人が結婚したときの記事がないかと思って、興味本位に新聞社でバックナンバーを読ませてもらっていたら、結婚の三ヶ月前くらいにちょっと引っ掛かる記事が出ていて。それを書いた記者がいたので、意味深な記事の意図を率直に聞きました。それ自体は、駆け落ちする雰囲気だと思って二人の動きに注目していたけれど、結局そういうスクープは取れなかった、というオチでした。でも、そんな相手がいたこと自体僕には驚きで、ロイドさんのことをもっと知りたくなったんです」

楡崎は早口で一気に説明すると、ケネスが何か言う前に、急いでもう一言付け足した。

「まさか本当だったとはびっくりです」

駆け落ちのことは記者の推測だったように取り繕いながら、あれ、でも、と頭の中で別の疑問を湧かせていた。

こんなに皆が口を閉ざして外部に漏らさないようにしていた事件を、テレビ局のスタッフはどうやって摑んだのか。不思議だ。それとも、ここは、さすがメディアの取材力、と感心するところなのだろうか。

「新聞記者というのは鋭いですね」

ケネスはそう言って片づけ、楡崎はうまく取り繕えたことに胸を撫《な》で下ろした。

「実際、二人は駆け落ちを計画したそうです。秀一郎氏の身内になるあなたにこんなことを話すのは気が引けるのですが、二人の気持ちは真剣で、結婚についても本気だった。けれど、デイヴィーズ家としては、多少お金はあっても帽子職人の息子に娘を嫁がせるわけにはいかないと猛反対で。日本から来ていた高級官僚の秀一郎氏のほうがよほどふさわしいとアン嬢に言って聞かせていたようです。このままでは無理やり結婚させられる、仲を裂かれる、と思った二人は駆け落ちを決意しますが、アン嬢に見張りがついていたため計画は事前に露顕した。今となっては、それでよかったと思うと、叔父は病の床で私に言いました」

この時代の英国で、階級が違う者同士の婚姻は容易ではなかっただろう。駆け落ちなどすれば、本人だけでなく姉妹にも迷惑をかけることになる。冷静になったとき、ロイドが駆け落ちは失敗に終わってよかったのだ、と言った気持ちは察して余りある。きっと本心からそう言ったのだと思う。

「駆け落ちは新しい年が始まってすぐ決行する予定だったとか。それが未遂に終わったので、結局二人が最後に会ったのはクリスマスの少し前に開催されたチャリティー・ティーのときで、僅か五、六分、周りの目を気にしながら話しただけだったそうです。会話の内容は決行前の最終確認で、必ず成功させて一緒になろうと約束し合ったのだと」

記者からもそのときの様子は聞いていたので、目前で繰り広げられるのを見たかのように想像できた。

「二人は結ばれない運命でしたが、アンさんは叔父と別れさせられたあと、秀一郎さんの優しさと誠実さに救われ、助けられたのだと思います。秀一郎さんは叔父とのことはご存じなかったはずですが、たぶん、何かあったのだろうとは察されていたんじゃないですかね。傍にいれば、どんなに隠そうとしても、なんとなく伝わるもののような気がします」

「秀一郎おじさんは、それでよかったんでしょうか」

「今はどんなご様子なのですか」

逆に尋ねられ、楡崎は高祖父の父について聞いていることを思い出して言った。

「とても仲のよい、素敵な夫婦です。いい関係だと皆言います」

「では、それが答えなんじゃないでしょうか」

そうですね、と楡崎もいったんは納得したが、今度はロイドのその後の人生はどうなったのか気になりだした。

「叔父は生涯独身でした。私もそれほど会っていたわけではなく、亡くなる前の一週間あまり、付きっきりで過ごす間に、アンさんとの思い出話を聞いただけです」

「ひょっとして今日ここでお目にかかれたのは、運がよかったんでしょうか」

「はい。一週間ほどのつもりで昨日から叔父の遺品整理のために来ていました。普段はロンドンに住んでいます」

「ケネスさんはご家族は……？」

そんなことまで聞いてどうするつもりだ、と己に突っ込みを入れながらも、楡崎は聞かずにはいられなかった。

「いません。親元を離れて十年以上一人暮らしです」

好きな人はいないのかと、次の質問が喉元まで出かかったが、さすがに今度は自重した。

ケネスに恋人がいようといまいと、楡崎にはまったく関係ない。

いずれ夢は覚める。

万一、夢ではなく実際にタイムスリップして来たのだとしても、ここでケネスとどうにかなれるとは思えない。突如十九世紀に飛ばされたのなら、またある日突然二十一世紀に引き戻されることもあるだろう。

なんとなくだが、楡崎は本能的に、ここは自分がこの先一生いる場所ではないと感じている。鉄道の客車で揺り起こされたときから、この感覚はずっと続いている。だから、こんなに落ち着いていられるのだと思う。

「あ、雪が降り始めましたね」

窓に視線を向けたケネスが相変わらず落ち着き払った声で言う。

楡崎も、背凭《せもた》れから上体を起こし、腰を捻って背後の窓を見た。

「本当だ。寒いとは思っていたけど……」

今はまだちらちらと舞うような降り方だが、すぐにお暇《いとま》して駅に向かったほうがよさそうだ。

「ケネスさん。貴重なお話をいろいろとお聞かせくださって、ありがとうございました」

「楡崎さん」

そろそろ失礼します、と続けるつもりだったが、ケネスにすかさず遮られる。こういうところは本当に強引で、相手の意のままにならない強さとしたたかさを感じる。楡崎は優しいだけの人。にも、こういうふうに意外性を見せてくれる人が好きなので、ケネスは何から何まで楡崎の好みすぎて困る。

「明日ロンドンにご一緒しませんか」

「……えっ？」

「もし今日中にお帰りにならなければいけない事情があるなら、無理にお引き留めはできませんが」

「いえ、それはべつに……ありませんけど」

「それなら、ぜひ。今晩はこちらに泊まってください。来客用の寝室がありますので、遠慮は無用です」

あれよあれよという間に話が決まり、楡崎は押し流されるようにしてケネスの提案を受け入れることになっていた。

むろん、楡崎にとってもまったく悪い話ではない。むしろ、宿代が浮いて、悪天候の中駅まで歩くか、馬車に揺られるかして無理に移動しなくてすんで助かる。

「ディヴィーズ家は、今の時期、カントリーサイドの屋敷を離れて、ロンドンのタウンハウスで過ごすことが多いんです。せっかく日本からはるばるいらっしゃったのですから、アン嬢の実家を訪ねてみたらいかがですか」

ケネスは思い切った提案をしてくる。

「えっ、でも……僕はディヴィーズ家と血の繋《つな》がりがあるわけではないので、おそらく訪問の許可をいただけないと思いますよ」

実際は数代遡れば血の繋がりはあるが、それを理解しているのは楡崎だけだ。ここでの楡崎は秀一郎側の親類ということになっている。

「アン嬢の話が聞きたい、と手紙に書くんです。夫の親戚だろうが、きっと喜んでぜひお越しくださいと返事がありますよ」

ケネスに自信満々に請け合われ、そういうものだろうか、と楡崎も少し期待を持った。

十四年も会っていない異国に嫁いだ娘の暮らしぶりを聞きたいと思うのは、自然なことだ。顔立ちにアンと似たところのある楡崎を見れば、喜んでくれるかもしれない。

「わかりました。では、お言葉に甘えて一晩お世話になります」

話が纏まると、ケネスは楡崎に美味しい紅茶と軽食をふるまってくれた。

ちょうどお腹が空いていたので、楡崎は温かい肉料理や冷たい前菜、タルトやフレッシュフルーツなどをよく食べ、紅茶を三杯いただいた。

「ケネスさんにお話を伺って、秀一郎おじさんとアンおばさんの関係は、これはこれでありだったんじゃないかと思えて、気持ちが楽になりましたよ。熱愛とかではなかったかもしれないけれど、お互いを大事にする生き方は素敵だと思うんです」

ここ一つ気になるのは、孤独に死んでいったロイドのことだ。それを考えて沈鬱な気持ちに

[illegible]れた楡崎に、ケネスはきっぱりと言う。

「叔父の遺志は僭越《せんえつ》ながら私が引き継ぎました。私は叔父の最後の一週間に間に合い、彼を一人で逝かせずにすんだ。そうして託された想いを、少しずつ届けていきます」

誰に何をかは、自分の胸に秘めておくと決めているようで言葉にせず、静かな眼差しを楡崎に向けてくる。

ケネスの瞳は、茶色がかった薄い黄土色で、静謐《せいひつ》な湖を思わせる。瞳の色は全体的に均一ではなく、縁のほうは緑っぽく、中央に寄るにつれて赤みが増す。光の具合によってもまた変わるのだろう。

普段は冷静で、めったなことでは感情的にならないが、心の奥底に義理堅く熱い心を秘めている——楡崎が思うケネス像はこんな感じで、彼の瞳はまさにこれを色で表したかのようだ。

「何か？」

長く見つめすぎたせいか、ケネスがスッと目を細くする。心なしか照れくさそうだ。そんな反応を見せられると、楡崎まで面映《おもは》ゆくなってくる。

「……べつに」

ぎこちなく返す。

そのとき、まるで計ったようなタイミングで暖炉の薪が爆《は》ぜた。

絶妙な合いの手に笑みが零《こぼ》れた。

ケネスも唇をカーブさせて苦笑いを浮かべている。

こんななんでもない一瞬を、何ものにも代えがたく大切に感じ始めた自分に気がつく。

まずいかもしれない。

楡崎は軽く唇を噛《か》み、込み上げてきた甘酸っぱい気持ちを抑えつけ、胸の奥に落とし込んだ。

4

前日の雪は日が落ちる前に雨に変わり、一晩中降り続いたようだったが、朝方には止《や》んで薄日が差していた。

ケネスと一緒にオーウェン家を出てロンドン行きの鉄道に乗車する。

「昨晩《ゆうべ》はよく眠れました？」

「ええ。おかげさまで」

ゴトゴトと列車に揺られながら、車窓を流れる長閑《のどか》な田園風景をしばし眺める。

今回も、三人掛けの椅子が向かい合わせに設置された、コンパートメント車両だった。個室単位の貸切ではないので、見知らぬ乗客と一緒になることもあるが、ルートンから終着駅のロンドンまで、二人が乗った客車には他に誰も来なかった。

「ロンドンではとりあえずホテルに泊まりましょう」

「ケネスさんはお住まいがあるのでは？」

「狭いフラットで一人暮らしなので、とても楡崎《にれざき》さんをお招きできないんですよ。なので私もホテルにご一緒します。部屋は別々に取りますから、心配いりませんよ」

「心配……はしませんが」

どういう心配をするというのか、ケネスの言葉の真意はわからなかったが、楡崎は勝手にドキッとした。

もしもケネスが楡崎に関心があるのなら、楡崎としては一緒の部屋で一晩過ごしても後悔しないと思うのだが、昨日会ったばかりの者同士で、いきなりそんな展開になるはずもない。

恋愛経験がほぼない楡崎は、情動のまま流されるといった感覚に馴染《なじ》みがなく、頭では、まあそんなこともあるだろうと理解しているつもりでも、いざ我が身に置き換えて考えるとパタッと思考が停止する。

「そうですか。それは残念」

ケネスは意味深に返し、昨日から何かにつけて楡崎の胸を騒がせる榛色《はしばみ》の目に蠱惑的《こわくてき》な笑みを湛《たた》える。

恋愛とは無縁そうな、三十代前半にしてどこか達観した節のある淡々とした人かと最初は思ったが、親しさが増すにつれ、感情豊かで義理堅く親切なところが見えてきて、人間的に信頼できる素敵な人だと感じるようになった。

感情をあまり表に出さない静かでゆっくりとした話し方は、声だけだとそっけなく聞こえるかもしれないが、表情、特に目が雄弁で、言葉で語る以上にケネスの誠実さや情の深さを教えてくれる。

[illegible]に富んだ答え方をしたり、冗談なのか本気なのか悩んでしまうような際どいことを言ったりするところも面白い。

好意を募らせすぎると、後で辛《つら》くなるのはおまえだぞと己に言い聞かせてはいるが、できるだけ長く関わっていたい、もっと彼を知りたい気持ちは強まる一方だ。

ロンドンでも一緒に行動できるのはありがたいし、心強い。自分だけだったら、ディヴィーズ家を訪問する勇気はやはり出せなかっただろう。一度は楡崎も考えたが、すぐに無理だと諦めた。

ディヴィーズ家に宛てた手紙は昨日のうちにしたためたが、本当にこれだけで色好《よ》い返事が来るのか、ロンドンが近づくにつれ、あらためて不安が頭を擡《もた》げだす。

上流階級というと、格式が高く、取っ付きにくそうなイメージで、娘婿の親類など赤の他人だと冷たくされそうな気がしないでもない。とりあえず会ってくれたとしても、一人では心細くなってきた。

誰にも頼ることができずに一人で考えて行動しなければいけなかったときは、心細いなどと弱気になっている暇はなかった。当たって砕けるつもりで、質屋で換金とか古着を買うとか、本来の自分なら思いつきもしなそうなことを躊躇《ちゅうちょ》なくしていたのに、ケネスという相談相手ができてからは、つい彼に甘えて頼ってしまいがちだ。

「ディヴィーズ家を訪ねるときは、本当に僕一人で大丈夫でしょうか」

何度も同じようなことを口にしてうざがられないだろうかと懸念しながらも、聞かずにはいられない。

「何も心配しなくていいです」

列車の進行方向に対して背中を向ける形で座ったケネスは、余裕に満ちた態度を崩さない。楡崎の臆する気持ちに寄り添い、元気づけるようにあたたかく微笑《ほほえ》みかけてくる。

「返事が来るまで一日か二日待つことになるかもですが、あなたの名前を見れば、よほど立て込んだ事情でもない限り歓待されると思いますよ。はるばる日本から来ている楡崎家の親戚を断るわけがありません。逆に、私なんかは、絶対に敷居を跨《また》がせてもらえないでしょうけどね」

だからといって別段不服そうではなく、涼しい顔をしている。

「ディヴィーズ家とロイドさんの間には、いまだに遺恨が残っているんですか」

「もう十数年も前の話ですから当時ほどではないにしても、やはりまだ叔父の話はタブーになっているのではないですかね。叔父も、金輪際アン嬢やディヴィーズ家と関わらないと誓約したそうですし」

「なんだか……悲しいですね」

そうやって恋人と引き裂かれ、独身のまま亡くなったロイドの生涯に思いを馳《は》せると、なんともせつなくて仕方がない。

あなたは楡崎さん側の方なのに、叔父にも感情移入してくださるんですね」

「しますよ。秀一郎《しゅういちろう》おじさんはアンおばさんと子供たちに囲まれて、きっと寂しくはないでしょう。ロイドさんのことを知るまで、僕は、おじさん夫婦は運命的な出会いをした幸せなカップルだと信じて疑っていなかったんです。今でも二人は素敵な夫婦だと思っているし、アンおばさんは秀一郎おじさんにちゃんと愛情を持っていると信じてますけど、その幸せはロイドさんの犠牲の上に築かれたものなのかと思うと手放しでは喜べません」

「そういう考え方をする必要はないと思いますよ」

　ケネスは、穏やかだが、きっぱりとした口調で言う。

「縁がなかったんです、叔父とアンさんは。叔父は誰も恨んでいませんでしたし、次の恋をする代わりに仕事に打ち込んで、叔父なりに充実した人生を生きました。楡崎さんが叔父を気の毒がってくださる気持ちはありがたいですが、誰が悪いわけでもないことなので、叔父が犠牲になったとは思わないでほしいんです」

　ケネスの言葉からは誠実さと叔父への敬愛と情、さらには矜持《きょうじ》が感じられ、楡崎の心を揺さぶった。と同時に、ありがちな物の見方でケネスの心情を推し量り、わかった気になって憤慨した己の浅さを恥じる。

「すみません。これでもいちおう作家の端くれなのに、通り一遍の考えで出過ぎた発言をしてしまって」

俯《うつむ》きがちになった楡崎に、ケネスは珍しく慌て気味になる。

「謝らなくていいです。私の言い方はときどきそっけなく聞こえるらしいのですが、あなたを怒ったわけでも責めたわけでもありません。あなたに悲しい気持ちになってほしくないだけなんです」

ケネスは優しい。

常に悠然と構えた印象が強く、そつがなくてスマートだが、根は不器用なのかもしれない。楡崎に誤解を与えまいと焦る様を目の当たりにすると、思いやり深くて、いい人だなと感じる。

「ありがとうございます」

気を遣ってもらって楡崎は嬉《うれ》しかった。

ケネスはバツが悪そうに「……いえ」とだけ返して口ごもる。整った顔面にブラシで一刷《ひとは》きしたようにほのかに赤みが差す。

いっさい取り繕っていない素のままの顔を覗《のぞ》き見した気がして、楡崎はケネスが気づく前に視線を逸《そ》らし、車窓に顔を向けた。

途中は畑ばかりだったが、だいぶ建物が増え、都会の景色になっている。ロンドンの中心部まであともう少しで着くようだ。

三十秒と置かずに、斜め前に座っているケネスに顔を向け直した。

思ったとおり、ケネスは何事もなかったかのごとくいつもの顔つきに戻っている。むしろ、

[illegible]と取り澄ました感じで、楡崎は伏し目がちになって綻びかけた口元を引き締める。

列車は五分後には終点のセント・パンクラス駅に到着した。

駅からそれほど離れていない、繁華街のメインストリート沿いにあるホテルに部屋を取る。そこそこの格式の、あまりしゃちほこばらなくていいホテルだ。掃除が行き届いていて清潔感があるのが、楡崎にはなによりありがたい。フロント係も親切だった。

同じフロアの二号室と五号室をあてがわれる。各々荷物を解いたら、一階のロビーで落ち合うことになり、客室のドアが並ぶ廊下でいったん別れた。

荷物と言っても、楡崎の鞄《かばん》には必要最低限のものしか入っていない。

ディヴィーズ家を訪問する際には、十九世紀ふうの新しい服を着るべきだろうか。

ずっと着た切り雀《すずめ》なので、さすがに少し気になりだす。

もっとも、日頃からの習慣で、ジャケットとズボンは脱いだらブラシをかけてハンガーに吊《つる》しているし、シャツは昨晩洗って、ケネスにアイロンを貸りたので、きちんとしてはいるつもりだ。だらしない格好でさえなければ、失礼にはあたらないと思いたかった。

ロビーに行くと、ケネスはもう来ていた。

「手紙は？」

「これです」

昨日寝る前にしたためた手紙を懐から抜いて見せる。ケネスは楡崎を伴ってフロントに向かう。これをディヴィーズ家に届けてほしいと頼むと、フロント係は快く封緘《ふうかん》した手紙を預かってくれた。

「返事を待つ間、支度を調えよう」

次にケネスが楡崎を連れていったのは、通りに立ち並ぶ建物の中でも一際目に付く大型の商業施設、百貨店だ。

威風堂々とした外観といい、広々としたエントランスや、絢爛《けんらん》豪華な内装の売り場といい、贅沢《ぜいたく》この上ない。販売されているものも値の張る高級品ばかりで、買い物を楽しんでいるのは美しく着飾った紳士淑女とその子供たち。ここも一種の社交場のようだ。

「楡崎さんが今お召しになっているものも、大変よい品だと一見してわかりますが、ジェントリのディヴィーズ家を訪問する際には、ある程度慣例と伝統に則した格好のほうが先方に安心感を与えるかもしれません」

ケネスは躊躇《ためら》いのない足取りで売り場を効率的に回り、男性用の既製服と、帽子やタイピンなどの必要な小物を、金額に糸目をつけず購入してくれた。

「すみません、何から何までお世話になりっぱなしで」

「私の道楽に付き合わされていると思ってください。あなたを着飾らせたいんです。あなたはスタイルがよくてセンスもお持ちで、何でも着こなすので、いろいろ試していただきたくてしない」

あながち冗談でもなさそうに言われ、楡崎は気恥ずかしさと、まんざらでもない気持ちとで返事に悩む。

「お金の心配はご無用です。今回は私がロンドンにご一緒しましょうとお誘いしたのですから、費用は私が持ちます。私は一介の勤め人ですが、独身者が生活していくには十分すぎる報酬を得ていますし、叔父も幾ばくかの遺産を遺してくれました。アン嬢に関わりのあるあなたのために、私にできることをするのは、叔父も喜んでいると思います」

「ありがとうございます。いつか、なんらかの形でお返しができればいいのですが」

本来生きている時代が違いすぎて、現実味のないことを言っている自覚があるだけに、楡崎の口調は控えめになる。

「そうですね。では、次にどこかでお目にかかったとき、食事でも奢《おご》ってください」

ケネスもさして本気にしてはいなそうに、にこやかな顔つきでそう返してきた。こんなところもスマートな人だと感じて、胸の奥がじんわりと温かくなる。

この時代、帽子は不可欠のアイテムで、シルクハットほどしゃちほこばらない山高帽が人気のようだ。楡崎もシルクハットは被《かぶ》ったことがなく、仰々しすぎる気がして最初は抵抗があったのだが、かといって山高帽もしっくりこず、ケネスの勧めもあって結局シルクハットにした。

一品一品吟味して買い揃《そろ》えていく間、なんだかケネスとデートをしているようだった。

二十一世紀では、買い物など面倒くさいと思って、デパートをうろついたことなどなかったが、意外と楽しいものだなと認識を改める。それとも、一緒にいる相手によるところが大きいのだろうか。

間に二度ほど、お茶を飲みながらの休憩を挟み、夕方にはすべての用事をすませた。

購入した品は百貨店のコンシェルジュにホテルまで届けてくれるよう頼み、手ぶらで百貨店を出る。

サロンのような場所で一人一人丁寧な接客を受け、店員と相談しながら商品を選び、お会計にも時間がかかり、という感じなので、買い物も半日、もしくは一日仕事だ。必要な物があればインターネット通販で、クリックだけで手配できる現代とは、時間の流れが違いすぎて、異世界のようだった。昔はこれが普通だったんだなと驚くことも多く、貴重な経験ができた。

お茶のときに軽食をつまんだので、晩餐《ばんさん》はもっと遅くてよさそうだ。

「今日は博物館が夜遅くまで開いています。行ってみますか」

「はい。ぜひ。何か特別な日なんですか」

「そういうわけではありません。曜日を決めて夜間まで開けているんです。世の中にはいろいろな職業の人がいますから、皆に鑑賞の機会を与えられるように、ということです」

なるほど、と思った。さすが大英帝国だ。

博物館で展示品をゆっくり見て回る。

ここでも楡崎は、ケネスの博識ぶりと、それを無闇にひけらかさない謙虚さに感心し、好感を強めた。

夜が深まる中、雰囲気のいい手頃なレストランで向かい合ってテーブルに着き、ワインを飲みつつ晩餐を楽しんだ。

「手紙は明朝読まれるでしょうから、返事はメッセンジャーにホテルまで届けさせるとして、早くて明日の午後ですかね。その場合、訪問するのは明後日以降になるでしょう」

「では、明日はホテルにいたほうがいいですかね」

「返事がいつ来るかと気にしながら外で過ごすより、そのほうが精神衛生的にいいかもしれません」

「そうします。ホテルで本でも読みながら返事を待ちますよ」

「それなら、午前中に貸本屋に行くといいですよ。少額の年会費を払えば、一度につき一冊借りられます。先月出たばかりのドイルの『四つの署名』はもう読みましたか」

いきなり、あまりにも有名な著書が話題に上って、楡崎は目を瞠《みは》った。

「今年の二月に、リピンコッツ誌に載った短編が単行本になったんですが、三年前のクリスマスに出たビートンの年刊誌に掲載された『緋色《ひいろ》の研究』と同じ登場人物が出てくるんです」

「そ、そうなんですか。いえ……読んでないですね、たぶん」

実際、楡崎は天下の名探偵が出てくる傑作シリーズをそれほど読んではおらず、何作か知っているだけだ。その程度なので、へたにタイトルを口にすると、この時代まだ書かれていない作品かもしれず、自信がなさすぎて話を弾ませられない。

「まぁ、正直、ドイルの作品なら去年書かれた歴史小説のほうが当たりましたよね」

「……そう、だったんですか」

「ええ。『マイカ・クラーク』というモンマス公が反乱を起こす話です」

「モンマス公……」

それは聞いたこともない、と胸の中で思いつつ、楡崎は愛想笑いをする。

なんとなく、ケネスはそんな楡崎の反応を面白がっているようだった。

気を許して親しくなればなるほど、案外意地悪なところがあったり、茶目っ気を出したり、人をからかうことがあったりと、いろいろな側面を見せてくれそうで興味深い。

礼儀正しく、真面目で、品のいいケネスもいいが、適度に砕けたケネスも親しみやすくて好きだ。隠れた部分を知れば知るほど惹《ひ》かれる。ここは嫌いだと感じるところがないのが、我ながら驚きだった。

晩餐後は歩いてホテルに戻り、楡崎の部屋の前で就寝の挨拶をし、別れた。

「おやすみなさい」

「おやすみなさい」

同じ言葉を繰り返したケネスに、じっと見つめられる。

今にも顔を近づけてきそうな雰囲気だ、と楡崎は咄嗟《とっさ》に思い、鼓動を乱して、どうしよう、と身構えかけた。

ケネスはふわりと微笑み、楡崎と向き合っていた体を反転させると、三つ先の自分の部屋に向かって歩き出す。

肩透かしを食らった気分で、楡崎は拍子抜けする。安堵《あんど》と落胆とが綯《な》い交ぜになっており、部屋に入って一人になった途端、悔しさと羞恥が同時に襲ってきた。

「思わせぶりすぎるんだよ……っ」

馬鹿、と心の中で悪態を吐きつつも動悸《どうき》は静まらず、下腹部に生じた熱と疼《うず》きにしばらく悩まされるはめになった。

明日もまた、部屋に籠もっている時間以外はケネスと行動を共にするのかと思うと、嬉しい反面怖くなる。

このままでは本気でケネスとどうにかなりたくなりそうだ。

よりにもよって初めて自分から欲しいと感じた相手が十九世紀の人物だったとは笑うに笑えない。

幸い、ベッドに横になると、移動や買い物の疲れが溜《た》まっていたのか、あっという間に眠りに落ちた。

翌日は、晩餐のとき話していたとおり、貸本屋で本を借りて、一冊読み終えるまで部屋から出なかった。

　扉をノックされたのは午後五時過ぎだ。もうとうに日は暮れており、窓の外は真っ暗だった。

　てっきりケネスかと思いきや、廊下に立っていたのはホテルのボーイで、ディヴィーズ家から手紙が届きました、と渡された。

　メッセンジャーを下で待たせており、折り返し返事がほしいとのことで、楡崎は慌てて手紙を開いた。

　内容はケネスの予想通りだった。

　アンの話がぜひ聞きたい、明日にも当家にお越しください、と綴《つづ》られている。

　楡崎はすぐに返事を書き、ボーイにチップと共に渡した。

「今、遣いが来た！」

　ケネスの部屋のドアを叩《たた》いて、ケネスが姿を見せるなり知らせる。

「早かったですね」

　ケネスは相変わらず落ち着き払っていたが、心の底からよかったと思っているのが伝わってくる。それと同時に、重責を果たせたと言わんばかりの安堵感も漂わせていて、本当に親身になってこの訪問を成功させようとしてくれたのだな、とあらためて感じた。

　ありがたくて、胸に来る。

　明日の訪問を無事終えたら、微力ながらお礼がしたいと思った。

「昼食後にお邪魔して、夕刻には帰ってこられるんじゃないかな。晩餐は一緒にとれると嬉しいんだけど」

「ディヴィーズ家がきみを帰らせたがらないほうに私は賭けるよ」

「えっ？」

まさかとそのときは笑い飛ばしたが、翌日の午後、盛装して迎えの馬車に乗り、アンの実家ディヴィーズ家を訪れた楡崎は想像以上の歓待を受けた。

「まぁ、まぁ、秀一郎さんの面影が確かにあるわ！　思い出すわねぇ。懐かしいわ」

「立ち姿が似ているね。彼はまさにこんな感じだった」

「アンは元気？　秀一郎さんとは仲良くやっているかしら」

会うなりそんなふうで、時間が経《た》つのがあっという間だった。

「今晩はぜひ我が家にお泊まりになって」

「そうだ、それがいい」

「まだ話し足りないわ」

ケネスの予想した通りの展開になった。

断る隙もなく、あれよあれよという間に客室を用意され、ディナーの席が増やされ、ホテルにいるケネスの許《もと》へはメッセンジャーをやって事情を伝えた。ケネスの推察力には感心するほかない。

メッセンジャーは折り返しケネスからの伝言を言づかっていた。

予期せぬことの連続で楡崎はあたふたしていたが、ケネスからの返事もまた意表を衝《つ》くものだった。

『申し訳ない。急用ができて、今晩中にルートンに戻らなくてはいけなくなった。先にホテルを引き払うことになるが、きみの部屋はそのままにしておくので、心配する必要はないです。よかったら、また会いましょう』

手紙にはそう書いてあった。

突然すぎて混乱気味ではあるが、これで二度と会えないわけではないと自分に言い聞かせ、気を落ち着かせる。

ディヴィーズ家での晩餐は、楽しかった。

5

朝食後、楡崎は来たとき同様にディヴィーズ家の馬車で送ってもらい、ホテルに帰ってきた。フロントに聞くと、ケネスは昨夕、楡崎からの手紙を受け取ったあと、荷物を纏《まと》めてすぐ発《た》ったという。その際、楡崎の部屋代も精算していき、さらに今日と明日も楡崎がここに泊まりたければ泊まれるよう、前払いしていったそうだ。

こんな形で、ちゃんと挨拶やお礼も言えずにケネスと別れることになるとは、思ってもみなかった。昨日はディヴィーズ家の面々と一緒のときに伝言を聞いたので、そうですか、わかりました、と平静を装って受け止めたのだが、突然すぎて内心居ても立ってもいられない心地だった。

ディヴィーズ家訪問は楡崎にとって有意義で、日本人の秀一郎と英国人のアンという二つの国の血が混ざり合った楡崎家の始まりを知れたのはよかった。自分の中にもその血脈がごく僅かとはいえ含まれているのだと思うと感慨深い。

アンの両親や姉夫婦らから、アンが幼かったときのエピソードや、初めて秀一郎と顔を合わせた日のこと、家族ぐるみで秀一郎と親しくなり、ピクニックやテニス、クロッケーを共にしたことなど、たくさん聞かせてもらった。

楡崎がなにより嬉しく、安堵したのは、そうした様々な話から、二人の結婚が周囲からの押しつけなどではなかったのだと確信できたことだ。

さすがにロイド・オーウェンの名を出して彼との関係を尋ねるわけにはいかず、そちらの事情をディヴィーズ家側から聞くことはできなかったが、アンが秀一郎を慕い、打ち解けていたのは間違いないようだ。

その一方で、一回り近く歳《とし》の離れたロイドとの恋愛に夢中だったのも、アンの性格を知れば知るほど想像に難くなかった。

アンは物語を読むのが好きな、夢見がちで冒険心のある、闊達《かったつ》な女性だったらしい。社交界にデビューしたときから、透明感のある妖精のような可憐《かれん》さで男性たちを魅了していたそうで、求婚者が後を絶たなかったと言う。

けれど、アンは同世代の男性はなんとなく幼稚な気がすると溜息《ためいき》をつき、年上でも財産や地位をひけらかすだけの教養の足りない男性とは距離を置き、なかなかこれという人と巡り合えずにいたようだ。

アンが求めていたのは、理知的で穏やかで包容力があり、女性の言葉にも耳を傾け、互いに尊敬し合える人物で、ロイドは身分こそ違えど、彼女の理想に合致したのだろう。

アンは情熱的であると同時に、思慮深く常識的な一面も持ち合わせており、なにより家族思いだった。秀一郎ともいい関係を築いていたので、両親が彼を結婚相手にと真剣に考えていると知ったときは、板挟みになって辛かったのではないかと思う。

一度はロイドと駆け落ちする決意をしたが、計画が両親の知るところとなり、結局断念せざるを得なかった。

このあたりの詳細は想像するしかないが、頼むからやめてくれ、姉たちまで恥ずかしくて社交界に顔を出せなくなるなどと泣きつかれたら、アンには自分の幸せだけを追うようなまねはきっとできなかったに違いない。ロイドもアンの気持ちを尊重し、二度と会わない意を固めたのだろう。

傷心のアンに寄り添い、誠実な愛情で包んだのが秀一郎だったと考えれば、アンが両親の勧める結婚に同意し、秀一郎と海を渡ることにしたのは理解できる。

結果的にアンと秀一郎は一男二女に恵まれ、そこから当代の楡崎まで血を繋《つな》いできたのだと思うと、ロイドには申し訳ないが、二人は幸せな結婚をしたのだ。それはケネスも否定していなかった。

ケネスは本当は複雑だったのではないかと、今さらながら楡崎は思う。楡崎と話すときは、私情を差し挟まず、公平なものの見方を淡々としていたが、心情的には、やはり身内に肩入れしたかっただろう。楡崎によけいな気を回させないよう、あえて感情を抑えていたのなら、申し訳なくて胸が苦しくなる。

最後にもう一度ケネスと会って、いろいろお世話になったお礼を言いたい。また会おうとケネスは書いてくれていた。単なる社交辞令、手紙の締め括《くく》りに使う定型文だったとしても、楡崎は本気でケネスに会いたかった。

昨日の今日で楡崎がルートンまで追いかけてきたら、ケネスは面食らい、そういうつもりで文末にあの言葉を添えたわけではない、と呆《あき》れるかもしれない。

楡崎は己の気持ちと良識との間を行ったり来たりしながら迷った。

自分は本来この時代の人間ではない。いつ二十一世紀に、夢から覚めて現実に引き戻されるかわからない不安定な身だ。

来たときは突然だったのだから、戻るときも前触れなどなく、それこそ今夜寝たら明日の朝には百三十年余り後の世界にいるということだってあり得る。

戻ってから、あのときこうすればよかったと後悔しても遅い。きっと二度とここに来ることはないだろう。ならば今、心残りのないように、やりたいことをやっておくべきではないのか。

楡崎は悩んだ末に意を固めた。

そうと決まれば早いほうがいい。なんとなく急いだほうがいい予感がする。

ディヴィーズ家を訪問し、アンと秀一郎の話を聞いた時点で、楡崎がここでやろうとしていたことは果たせた。目的を完遂した以上、ここに留《とど》まる理由はない。ひょっとすると今日が最後の一日になるのではないかと思えてならず、明日まで待てないと、何かに急《せ》き立てられる心地になった。

荷物を纏めてチェックアウトすると、明日の宿泊分はキャンセル扱いにして、ケネスが払ったお金を一部返してくれた。

おかげでケネスにそのお金を渡すという口実ができた。口実などなくても気持ちはすでに決まっていたが、ますます強固になったのは確かだ。

ルートンに着いたのは、午後二時過ぎだった。相変わらず気温は低いが、天気はよく、雲の隙間から薄水色の空が見える。

凸凹した埃《ほこり》っぽい道を二十分ほどかけて歩き、オーウェン家に向かう。

煉瓦《れんが》の壁に灰色屋根の大きめの住宅が見えてくると、ホッとした。

ひょっとしたらあの家は跡形もなく消えているのではないか、そもそも存在していなかったのでは、という妄想が頭から離れず、角を曲がった途端まるで知らない景色になっていたらどうしよう、などと考えて落ち着けなかったのだ。

記憶と寸分違わない家が、あるはずの場所に立っている。ああ、夢じゃない。夢かもしれないが、夢の中では整合性の取れた現実だ。まだ自分はこの世界にいていいのだと思えて、そのことに安堵した。

一階の窓が、空気の入れ換えでもしているかのごとく薄く開いている。ケネスは在宅のようだ。留守でなくてよかった。

ケネスはきっと驚くだろう。

迷惑がられないといいけれど……。

会ってみるまでケネスがどんな反応を見せるかわからず、心臓が胸板を乱打する。

玄関扉をノッカーで叩いて、緊張しながら待っていると、訪問者にまったく心当たりがなさそうな、訝《いぶか》しげな声で「誰だ」と扉越しに問い質《ただ》された。

ケネスの声ではない。

一瞬、家を間違えたかと思い、楡崎は慌てて一歩後退《あとずさ》り、玄関周りと前庭にぐるりと視線を巡らせる。

そうこうするうちに扉が開いて、知らない男性が、不審がっているのを隠さない顔つきで、中から現れた。ずんぐりむっくりした、眼鏡の男性だ。

使用人——ではおそらくない。そこそこ立派な服装をしている。胡散臭《うさんくさ》そうに楡崎を見る目に、己の優位さを信じて疑っていないかのような傲慢さが窺《うかが》えた。

「あんた誰？」

それはこっちが聞きたいと思いつつ、楡崎は素直に名乗り、続けて聞いた。

「ケネス・グレンヴィルさんに用があって来ました。ご在宅ですか」

「はぁ？　誰のことを言っているのか知らないが、この家には今誰もいない。いたら大事《おおごと》だ。

わたしはここの管財人だからね」

「えっ。ちょっと待ってください」

さっさと帰れと扉を閉めようとする管財人を、楡崎は慌てて引き止めた。

どういうことだ。

頭の中が大混乱していたが、ここで突き放されては後がない。それこそ途方に暮れるしかなくなる。必死に食い下がった。

「こちらは帽子製造業をされていたロイド・オーウェンさんのお宅ですよね？　病で二ヶ月前に亡くなったとお聞きしましたが」

ロイドの名を出すと管財人は渋々といった感じで扉を開け直し、楡崎と向き合う。家の中に上がらせてやろうという態度は見せず、玄関先で話をすませるつもりのようだ。

屋内に他に誰もいなそうなことは、シンと静まりかえって、人の気配がまったく感じられないところから察せられた。

「いかにもここはロイド氏の自宅兼工房だった建物だ。氏は確かに二ヶ月前病死した。わたしは氏に雇われた管財人で、死後三ヶ月経ったらこの家を売却するよう依頼を受けている。それまで月に一度建物の様子を見に来ているんだ」

今日がたまたまその日だったということらしい。

「あんたがさっき言ったグレンヴィルってのは、ロイド氏の姉さんの嫁ぎ先のことか」

ようやく話を通したと思って楡崎は「そうです！」と勢い込む。

「ケネス・グレンヴィルさんはロイド氏の甥《おい》で……」

「甥？」

管財人は思い切り眉を寄せ、疑り深い眼差《まなざ》しで楡崎をジロジロと頭の天辺《てっぺん》から爪先まで見やる。

嫌な予感が背筋を這《は》い上ってきて、楡崎はブルッと微《かす》かに身を震わせた。

「マーガレット・グレンヴィルには確かに息子がいるが、姉二人とは歳の離れた末っ子で、まだ確か十代だ。名前もケネスじゃない。あんたが言うような男はグレンヴィル家にはいない。大方ペテン師にでも騙《だま》されたんじゃないのか」

騙された？

思いもよらない事態に直面し、足元が音を立てて崩れるようだった。

ケネスは確かにこの家にいた。ここで楡崎と顔を合わせ、生前叔父に頼まれていた遺品整理の最中だと言っていた。

アンと付き合っていたことや、別れてからのことも知っていたし、話に齟齬《そご》はなかったと思う。そもそも楡崎はケネスに山程世話になりこそすれ、騙されて不利益を被るなどしてはいない。

だが、管財人だという男も、感じは悪いが、嘘《うそ》をついているようには見えず、今や楡崎に憐《あわ》れみを感じているふうもある。

いったい何がどうなっているのか全然わけがわからず、楡崎は言葉が出なかった。

「だいたい、ロイド氏とマーガレットさんは昔から折り合いが悪くて、グレンヴィル家に嫁いでからはほぼ没交渉、姪《めい》や甥とは顔を合わせたこともないはずだ。工房はとっくに畳んでいたし、財産と言えばこの土地と家屋だけで、跡を継ぐ人間はいないから処分したいとうちに相談があったんだ。あんたが甥と名乗る男と会って、何か約束でもしていたんなら、そいつは間違いなく詐欺師だよ。気の毒だが諦めな」

昨日ディヴィーズ家に出掛ける前まで一緒にいて、ほのかに好意を寄せていた相手のことを詐欺師と決めつけられ、形ばかりの同情まで向けられて、楡崎はとても嫌な気持ちになった。

悔しいやら悲しいやら腹立たしいやらで頭も胸もいっぱいになる。

話は済んだとばかりに鼻先でバタンと扉を閉め切られたが、しばらくその場から動けなかった。

とにかくここで粘っても仕方がない。気を取り直し、のろのろとした足取りで来た道を引き返す。

歩きながら楡崎は、今まで起きたこと一つ一つに納得のいく解釈をつけるため、想像を働かせて考え、ごちゃごちゃになった頭を整理しようと試みた。

今一度、家の状態を見に来ている管財人がなんの異変にも気づかなかったということは、数日前あそこで楡崎とケネスが寝泊まりしたり、台所を使ったりした形跡は綺麗さっぱり消されていたのだろう。

楡崎は確かにあの家で一晩過ごした。

家の中の細かなところまではっきりと記憶している。

ケネスにしても、彼が幻だったとは考えられない。詐欺師やペテン師などというのは論外だ。楡崎がこの世界に持って来たのはアン・ディヴィーズの写真だけだ。

ふと思い出して、楡崎は外套の上から懐に手を当てた。写真はジャケットの内ポケットに入れてある。

この写真は元々二十一世紀で楡崎が受け取った資料の一部で、誰かが大切に持っていたのが偲《しの》ばれるような保管状態のよさだった。古いことは古いが、とても百数十年前のものとは思えない綺麗さで、せいぜい十年か二十年前のもののようだと思った。

ケネスも、それほど年代を経たものが時代を遡って目の前にあるとは疑いもしなかったようで、ディヴィーズ家の皆さんにもお見せしたら喜ばれるだろう、と勧めてくれた。

それで訪問した際に見せたのだが、あれはアンが十八歳のとき写真館で写したものだそうだ。ところが、その後しばらくして、あの写真はどこかに仕舞ったはずだが、どこへやったかわからないと本人が言いだした。てっきり紛失したのかと思っていたけれど、見つけていたのね、懐かしいわ、と皆に喜ばれた。

楡崎が推察するに、アンは写真をなくしたのではなく、こっそりロイドに渡していたのではないだろうか。

それをどういう経緯でか知らないが、テレビ局の番組制作チームの担当者が入手し、回り回って楡崎の手に渡ったというわけだ。

そう考えると、奇跡的な巡り合わせだったとあらためて思う。ちょっと興奮して鳥肌が立つ。ケネスはアンの写真を見て楡崎が親類だという話を信じてくれたようだったが、そういえば、あのとき一瞬見せた安堵の表情はそんな単純な心境から浮かべたものではなかった気がする。かといって他に思い当たる節もなく、なんとなく不思議な人だったなという印象が増すばかりだ。

本当に——彼はいたのだろうか。

そんな奇妙な感覚に襲われたとき、急に後ろから強い風が吹きつけてきて、楡崎の髪を荒々しく乱した。被っていた山高帽を飛ばされそうになり、慌てて押さえる。この帽子もシルクハットと一緒にケネスが買い求めたものだ。普段はこれを被るといい、と言った柔らかな声音を思い出す。つい三日前のことなのに、なんだかすでに何年も前にあったことのような気がして寂しさが込み上げる。

駅はもうこの先に見えているが、このままロンドン行きの列車に乗って、すぐにこの地を離れるのも躊躇われる。後ろ髪を引かれる心地だった。

まず少し気持ちの整理をつけてからロンドンに戻ることにする。

どこか適当なレストランかティーサロンのようなものがないかと探すと、パブに近い雰囲気の店が昼間から開いていた。

結構賑《にぎ》わっているのが外から見て取れ、雰囲気も悪くなさそうだったので、楡崎も入ってみた。

中央に楕円型《だえんがた》のカウンターがあり、中で店員が三人、料理を提供している。遅めのランチをとる客で席はほぼ埋まっているが、入れ違いに立った人がいて、運よく出入り口から奥まった席に着けた。

魚のフライにポテトが付け合わせで盛られた料理を注文する。飲みものはと聞かれて、まだ日は高かったが、ホットワインを頼んだ。とにかく体が冷えていて、一杯やりたい気分だった。

料理ができるのを待つ間、ホットワインを少しずつ飲みながら、懐から抜き出したアン・デイヴィーズの写真を見ていた。

ケネスに会えると信じて来たのに、会えなかったばかりか、存在すら怪しくなってきて、どうすればいいのかわからない。

何か知っているなら教えてくれませんか、と写真のアンに請いたい気持ちだ。

当然返事があるはずもなく、都合よく天啓が閃《ひらめ》いたりもせず、むろん、この場にケネスが現れて楡崎の肩をポンと叩く奇跡も起きず、頼んだ料理はなかなか来ない。

これだけ客がいっぱいいるのだから、多少待たされても文句は言わないが、おかげでワインが進み、気がつくとグラスを空けそうになっていた。

それほど酒に強いわけでもないのに、手持ち無沙汰からついつい飲みすぎたようだ。

昨晩は、ディヴィーズ家で気持ちを昂《たか》ぶらせすぎたせいか、あまり熟睡できなかった。

そのせいもあってか、次第に瞼《まぶた》が重くなり、うとうとしだした。

こんなところでうたた寝はまずい、と頭の片隅で自戒していたが、微酔《ほろよ》い加減だったせいもあり、眠気に抗《あらが》えなくなった。

すうっと意識が遠のいていく。

楡崎が覚えていられたのは、ここまでだった。

＊

トントントン、と扉をノックする音が聞こえて、楡崎はハッとして目を開けた。

安楽椅子に座ったまま首を垂れて寝ていたことに気づき、慌てて周囲を見回す。

書斎だった。

二十一世紀の、楡崎が当主の、楡崎家の、書斎だ。

膝の上には椋梨《むくなし》が送って寄越した資料のファイルが開きっぱなしになっている。挟まれていたアン・ディヴィーズの写真を見ながら寝入ってしまったかのごとく、それも資料の上に置かれている。

「……ゆ、夢……？」

どう考えても、それ以外に考えようがないのに、半信半疑で、にわかにはこの状況を受け入れられない。

自分の体に視線を落とすと、身に着けているのは夢の中の最後と同じジャケットだ。しかし、これはそもそも、友人二人との会食から帰宅してすぐ資料を手に書斎に籠もった時点での格好で、夢と現実を区別するのに何の手助けにもならない。ロンドンのホテルをチェックアウトする際、楡崎は上流階級の屋敷を訪問するために揃えてもらった服を脱ぎ、元々自分が着ていた二十一世紀のジャケットとズボン姿でルートンに行ったのだ。

「旦那様、コーヒーをお持ちしました」

扉越しに執事の神内《じんない》の声がする。

「あ、ああ、ありがとう。入ってください」

楡崎は慌てて返事をした。

神内が銀製のトレーを手に近づいてくる。

ふわりとコーヒーの芳香が漂い、楡崎をさらに現実に引き戻す。

そうだ。何もおかしなところはない。普段どおりの夜だ。

デスクの置き時計を見ると、針は九時四十五分を指していた。帰宅したのが九時過ぎだったので、暖炉の傍《そば》で資料を読みながら寝てしまったのは、ほんの僅かな間だったことになる。

夢の中での数日間があまりにもリアルで、実際に十九世紀のイギリスにタイムスリップして、そこで本当に過ごしたとしか思えないのだが、夢ではないと考える根拠はどこにもない。

不思議で、不思議で、どうしても納得がいかなくて、楡崎は神内がサーブしてくれた熱いコーヒーを飲みつつ、釈然とせずに考え続けてしまう。

神内は楡崎の邪魔をしないようにと気を遣ってか、物音一つたてずに退出していった。

「なんだか、あなたに過去へ連れていかれたみたいでしたよ」

楡崎は写真の可憐な女性に話し掛け、ふっとため息を洩《も》らす。

なぜか、楡崎が歩き回った十九世紀のロンドンは、ルートンと行き来する際に何回か乗ったミドランド鉄道は、当時まさにあの通りだった気がしてならない。オーウェン家の佇《たたず》まい、乾いた薪《まき》が暖炉で爆《は》ぜる音、乗り心地がいいとはお世辞にも言えない乗合馬車、被り慣れなくて気恥ずかしかったシルクハット、どんよりとした灰色の空、刺すように冷たい風。どれもこれも実際に体験したとしか思えないほど詳細で生々しい感覚が、体のあちこちに、五感に、はっきりと残っている。

させてくれたのなら、最後にもう一度ケネスに会わせてほしかったな」

正直な気持ちが言葉になって出る。

そのとき、ふと自分の手を見て、楡崎は雷に撃たれたかのように激しい衝撃を受けた。

いつも左手の中指に嵌《は》めている金の指輪が、ない。

売った。売ったのだ。向こうで。

落としたとか、なくしたといったことは考えられなかった。

ザワッと総毛立つ。

もし、本当に夢ではなく十九世紀に実際行っていたのだとすれば。

楡崎は本気でその可能性について考えるのをやめられず、軽く武者震いを起こした。

どうやって時代を遡ったのか、具体的な方法は楡崎には説明できないが、非科学的だろうがなんだろうがタイムスリップしたのだとしたら、ケネス・グレンヴィルも十九世紀に実在したことになる。

夢なら架空の人物として片づけられるが、楡崎にはどうしてもそうとは思えなかった。

ケネスはいた。きっと。

彼はいったい何者だったのだろう。

楡崎はこのままうやむやにしてしまえず、なんとかしてケネスを捜したい気持ちでいっぱいになった。

彼の正体や、楡崎と一緒に行動した理由、目的なども気になりはするが、それより楡崎は彼の真実が知りたい。嘘をつかれていたから許せないとか、失望したかという感情はかけらも湧かず、ただ、好きな人のことはなんだっていいから知りたいという、かつて経験したことのない狂おしい気持ちに突き動かされていた。

とはいえ、事は簡単ではない。

相手は十九世紀に生きていた、歴史に名を刻んでいるとは思えない一介の市民だ。二十一世紀に戻ってしまった楡崎には、彼のことをどうやって調べたらいいのか、雲を摑むような心地だ。一発屋で終わりかけている楡崎みたいな作家には、編集部もきっと手助けしてはくれないだろう……自嘲気味にそう思いかけたとき、ふと、傍らに置いてあった椋梨の名刺に目が留まった。

馬酔木《あしび》賞作家楡崎晶《しょう》のルーツを辿《たど》る――月に一度深夜枠で放映されている、『ルーツ～一枚の家系図～』は堅実で真面目な番組として知られている。それでも楡崎はオファーがあったとき、作家性よりタレント性が目立つのではないか、作家としては使いものにならないから、タレントに転身するのはどうかと言われているようで、気乗りしなかった。

だが、この番組に出演すれば、アンが海を渡る決意をする直前にあった出来事として、ロイド・オーウェンについても番組側が調べてくれるだろう。百三十年前はまだディヴィーズ家では誰も口を開こうとしなかったが、今やそれも歴史の一ページ、あきらかにしたところで誰か

[illegible]の事情ではない。

彼らなら楡崎がまだ知らないことも摑めるのではないか。

楡崎は知らず知らず拳を握り締めていた。

ロイドについて詳しくわかれば、ケネス・グレンヴィルと名乗った彼のことも、もしかするとわかるかもしれない。彼だと考えてもおかしくない人物が、周囲にいたと判明するかもしれない。

我ながら現金だと思うが、楡崎はにわかにこの企画を前向きに考える気になった。これは絶好の機会だ。

椋梨は最初から、アン・ディヴィーズに主眼を置いて、彼女が秀一郎と共に海を渡るに至ったドラマを中心に番組を構成したいと言っていた。ケネスに繫がりそうな情報が一つでも欲しい楡崎にしてみれば渡りに船だ。

そうと決まれば一刻も早く椋梨にオーケーの返事をしておかねばと、焦りが出る。

万が一にも椋梨が気を変えたら悔やんでも悔やみきれない。

楡崎は自分が椋梨に木で鼻を括るような返事の仕方をしてきた自覚がある。椋梨の態度も友好的とは言い難かった気がするので、感じが悪かったのはお互い様だが、あちらはいわゆるギョーカイ人で、おそらくあれがデフォなのだ。悪気はなかったのだと思いたい。

十時を少し回ったくらいだったので電話でもいい気はしたが、あまり直接話したい感じの人ではなかったなと躊躇し、メールを送ることにした。

そのほうが楡崎もよけいな感情を乗せることなく、ビジネスライクに、資料を読ませてもらって気が向いた、と説明できる。電話は楡崎も苦手だ。声音や息遣い、間の取り方などから感情や思いが生々しく伝わりすぎる。

言葉を選び、出演を承諾するので企画を進めてほしい、と簡潔に伝えるメールを作成し、送信した。

それから楡崎は浴室で風呂に入り、三十分後に書斎に戻ってきた。

メールチェックをしてみると、さっそく返信が届いている。資料発送の迅速さといい、事務処理能力の高い、几帳面な性格が窺える。有能なのはわかっているので、あとは一緒に仕事をして気疲れする相手でないことを祈るばかりだ。

クリックしてメールを開く。

番組制作の許諾と出演承諾に対するお礼の言葉がまずあり、明日にも打ち合わせがしたいので、時間を作ってもらえないかとの伺いが簡素に文面にされていた。

こちらの都合で申し訳ないが、夕方以降だと助かると添えてある。

楡崎は何時でもかまわなかったので、それをまたメールにして返信しておいた。

すると、今度は三分と経たずにその返事が来て、明日の午後六時に銀座《ぎんざ》で会って話すことになった。

[illegible]し押[illegible]流されている感がなきにしもあらずではあったが、とりあえずこれでケネスのことも調べがつけば御の字だ。

　メディアの取材力を利用させてもらうかわりに、楡崎もできる限り番組を興味深いものにして、視聴者の気を惹けるよう協力を惜しまない。

「それでいいですよね、アンおばさん」

　元通り資料に写真を挟むとき、アン・ディヴィーズとまた目が合った気がして、楡崎は了承を得るように呟《つぶや》いた。

　もちろん写真はただそこにあり続けるだけで、どんな反応も返ってこなかったが、楡崎は少し気持ちが楽になった気がした。

6

椋梨との待ち合わせは、並木《なみき》通りに面した十階建てビルの八階に入っているイタリアンだった。

揺れもなく上昇するエレベータを降りると黒服のフロアスタッフが出迎えにきて、照明を絞ったムーディーな雰囲気の店内に案内してくれる。

一つ一つのテーブルが大きめで、隣との距離も十分離れており、ゆったりとしている。午後六時からの予約は楡崎たちだけらしく、今のところフロアに他の客の姿は見当たらない。いかにも高そうな店なので、特別な客は個室に案内されるのかもしれない。

楡崎がテーブルに着いてまもなく、待たされたという感覚はまったく起きないうちに、先ほどと同じ黒服のスタッフが再び近づいてきた。

後ろに背の高い男性を連れており、楡崎の向かいの椅子を引く。

この男性が番組プロデューサーの椋梨か。

楡崎は、椋梨がテーブルに着き、目線が同じくらいの高さになるまで、あえて顔を見なかった。特に意味はないが、初対面なのはわかりきっているので、急いで顔を合わせる必要を感じ

[illegible]いうところが取り澄ましているとか高慢そうとか言われる所以だろう。

今晩のようなビジネス会食の場合、椅子に座る前にまず名刺を差し出し、立ったまま挨拶してくる者もいるが、椋梨はそんな、店のスタッフにも楡崎にも面倒を強いるまねはしなかった。引かれた椅子に、慣れた態度で腰を下ろした椋梨と対面する。

「えっ……！」

驚きのあまり、息が止まりかける。

目の前に座ったのはケネスと瓜《うり》二つの男だった。

シャープな輪郭に鼻筋の通った日本人離れした印象の顔立ち。色素の薄い瞳、ブラウンの髪に白い肌――店内が多少暗くても見間違えようもない。

信じられない。

何がなんだかわからない。

いったい、どうなっているのか。

楡崎は咄嗟に周囲をぐるりと見渡し、今いる場所を確かめる。

また突然時間軸が捻《ねじ》れでもして十九世紀に戻されたかと思ったが、高級感溢《あふ》れるスタイリッシュな佇まいのこの店は、紛れもなくさっき来たばかりの銀座のイタリアンだ。

椋梨も、さりげなく流行を取り入れた、こなれたスーツ姿をしている。ノーネクタイだがカジュアルすぎずお洒落《しゃれ》で、いかにも業界の人間という雰囲気だ。どこにも十九世紀っぽさは見当たらない。

にもかかわらず、楡崎は直感的にケネスだと思った己の勘を疑えなかった。

混乱したままジッとこちらを凝視する楡崎を、椋梨は視線を逸らさず見つめ返し、少し面映《おもは》ゆそうに微笑んだ。

やはりケネスだ。間違いない。

楡崎は驚きを消せぬまま、強張《こわば》らせていた表情だけじわじわと緩ませる。

「手紙がメールの時代になりましたが、また会えてよかった」

電話ではちょっと気取っていて、皮肉っぽさがあるように感じられた声が、面と向かって話しかけられると、まるで違った印象になる。椋梨の上品で穏やかな顔つきからは、高飛車さなど微塵《みじん》も感じられない。テレビ局の人、というだけで先入観を持ってしまっていたことを反省する。

椋梨とは電話でしか話したことがなく、ケネスとは英語で会話していて、発音の仕方やリズム感が異なったので、同じ声だとはちらりとも気づかなかった。

「本当に、ケネスさんだったんですか、あなた。その……十九世紀で一緒だった？」

何から聞けばいいのか、聞きたいことが多すぎて、かえってしどろもどろになる。

「驚かせてすみません。順を追ってお話しします。私自身、どうしてこんなことが起きたのか説明できないところも多いのですが—

椋梨は真面目そのものの態度で、理知的で誠実な眼差しを楡崎に向けてくる。

本題に入る前に、黒服のスタッフがタイミングよくメニューを差し出してきた。

好き嫌いはと聞かれて、楡崎がないと答えると、椋梨はシェフに任せるコースを注文し、先にシャンパンをグラスで持ってくるよう頼む。こうした店で食事をすることに慣れている感じで、オーダーの仕方がスマートだ。言葉遣いの丁寧さと、誰に対しても礼儀正しい態度をとるところに好感を持つ。ケネスもそうだった。椋梨がケネスだったことは、もう間違いない。

「十九世紀のロンドンで私たちが行動を共にしたこと、あれは夢ではありません」

椋梨は楡崎の一番の疑問に答えるように前置きし、自分自身完全には納得していない様子で眉間に皺《しわ》を刻む。

「私もあなたも時を遡って実際に十九世紀で数日過ごしたんです。寝ている間の出来事だったはずなので、夢を見たと思っていたでしょう？　私も最初はそうでした」

「最初というのは？」

「一回目に十九世紀に呼ばれたときです」

椋梨にとっては今回が初めてのタイムスリップではなかったらしい。二度目だったので余裕もあっただろうし、必要な物の準備もできていたのだろう。なるほど、そういうことだったのかと腑《ふ》に落ちる。そして、呼ばれたという感覚は楡崎にも同じようにあったので、わかると思った。

[illegible]ロイド・オーウェン。二ヶ月と少し前のことです。彼は……もう長くないことが誰の目にも明らかな状態でした。本人も死期が近いと悟っていました」

「ロイドさんの死に際に傍にいて彼を看取《みと》ったとおっしゃってましたよね」

椋梨は粛然とした面持ちで頷《うなず》く。

「なぜ私が呼ばれたのかは察しがついています。私はロイドの遠縁に当たるんですよ。母が英国人で、姉のマーガレット・グレンヴィルの血を引いているんです。ロイドとはほぼ他人に近いんですが、どういうわけか日本人の父と英国人の母の間に生まれた私は先祖返りしたみたいにマーガレットの父にそっくりらしくて、つまり、ロイドとも非常に似ているんです」

「不思議ですね。僕もアンおばさんとは何世代も離れた子孫なのに、似ていると言う人が多くて戸惑いました」

「ええ。実のところ数奇な縁なんですよ、私と楡崎さんは」

手元に置かれたグラスシャンパンを、乾杯のしぐさで掲げつつ、椋梨は楡崎の目を見つめて言う。

ケネスに同じようにされて、体がゾクリと震え、下腹部が熱っぽく疼いたことを思い出す。今も楡崎は同じ感覚を味わい、うっかり艶めいた声を立てそうになって狼狽《うろた》えた。

慌てて楡崎もフルートグラスを手に取り、一口飲む。

シュワシュワとした繊細な泡が、浮つきかけた気持ちを抑えてくれてホッとする。

椋梨もシャンパンに口をつけてから話を続けた。

「ロイドに呼ばれて、一週間彼と静かな時を過ごす間、寝たきりだったロイドからアンさんとの思い出をたくさん聞きました。別れた後の彼の人生や、変わらない想いなども」

「あのとき僕に話してくださったことは、全部本当だったんですね」

ロイドの最後の一週間に間に合い、彼を一人で逝かせずにすんでよかった、とケネスから聞いたことを思い出す。

「僕は最低限の嘘はつきましたが……たとえば、ロイドの甥だと系譜を簡略化したことなどですが、あなたにはできるだけ誠実に対応したつもりです」

きっぱりと言う椋梨に、楡崎は頷く。そこに異論はなかった。

「でも、僕が二十一世紀から来たと知っていながら、知らない顔をして試すようなことをいろいろ言われた気はしますけど」

ちらりと皮肉ると、椋梨はフッと悪びれずに笑い、「すみません」と謝る。

「ちょっと人の悪いところをお見せしましたね。あなたが予想以上に十九世紀に馴染んでいたので、噂《うわさ》通りなんでも執事任せのお坊ちゃんではないんだなと興味が湧いたんです」

さらっと失礼なことを言われたが、本人の醸し出す空気に嫌味がないせいか、ムッとするより先に苦笑いが出る。

椋梨は穏やかで爽やかなだけの人物ではないようだ。有能なプロデューサーと言われるくらしたたか、一筋縄ではいかない計算高さも持ち合わせていて当然だろう。

　だからといって裏切られた気分にはならないし、失望もしない。むしろ、ちょっとくらい口が悪かったり、遠慮がなかったりするほうが、人間味があって共感できる。かく言う楡崎自身も、無遠慮な物言いをしたり、気が向かないと冷淡にあしらったりするので、お互い様だ。

「たぶん、死を目前にしたロイドの、アンさんに対する強い想いが、遠縁の子孫の私を引き寄せ、時間を超えさせたんですね。そして私に、アンさんの子孫を捜して、成就しなかったもう一つの恋の存在を伝えたいという願いを託して息を引き取った。彼は生涯アンさん以外の人を愛さず、仕事だけを生き甲斐《がい》に、孤独に生き抜いた。私が行かなければ誰にも看取られずに一人で亡くなっていたんだと思うと、最後の願いくらいはせめて叶《かな》えてあげたいと思ったんです」

「僕はあなたが先にホテルを出たあと、翌日になりますが、もう一度ルートンに行ったんです。そうしたら、管財人だという人があの家にいて、ロイド氏にはケネスなんて名前の甥はいない、年齢も違うと言うので、狐《きつね》につままれたような心地で唖然《あぜん》としましたよ」

　楡崎は心持ち恨めしげな口調で言った。受け取りようによっては拗《す》ねていると思われたかもしれない。

「ロイドはその管財人を遺言の執行者に指名していて、死後三ヶ月経ったらあの家を処分することにしていたのですが、それまでの間、好きに使っていいと僕に合鍵を渡してくれました。

管財人は月に一度見回りに訪れるだけなので、それに合わせてあなたを呼び寄せる計画を立てたんです。資料の中に挟んでおいたアンさんの写真、あれはロイドが大事に持っていた思い出の一枚です。この写真がアンさんの子孫を過去に呼ぶ際の触媒になるだろう、とロイドは言っていました」

「なったみたいですね」

写真を手にしたとき、アン・ディヴィーズに呼ばれた気がしたのを思い出す。

「同様に、無意識のあなたを現代に帰らせるには、私の存在を疑わせて、今いる世界をぐらつかせる必要があった」

「ああ、それであの管財人と僕を会わせる必要があったんですか」

楡崎はようやく理解でき、少しはすっきりしたものの、やっぱり椋梨はちょっとひどいとむくれずにはいられなかった。

「それって、僕があなたにもう一度会おうとするだろう、きっとロイドさんの家にまた行くだろうと考えての仕打ちですよね？」

楡崎の気持ちを摑み、好意を持たせている自信があればこその仕掛けではないか。事実、楡崎は椋梨の読み通りに行動した。

「僕があなたに、その……興味を持っているとわかった上で自分を餌にいいように振り回すとか、趣味悪くないですか」

ケネスに惚れていたこと、このまま別れるのはせつないと思い、せめて挨拶くらいはさせてほしい一心だったことを本人に気づかれていたのだと思うと、羞恥で居たたまれなくなる。恥ずかし紛れに愚痴の一つや二つ言いたくなるというものだ。

「実際にお会いするまでは、あなたがどんな方なのか本当のところはわかりませんでしたし、電話で話した感じだと、私にいい感情を持っていただけそうになかったので、ケネスとして会っても果たして最後にうまくあなたを元の時代に帰せるか心配でした。でも、あなたは思った以上に行動力があって、素直で可愛《かわい》くて、おまけにとても情の深い方だったので、きっと大丈夫だなと。他に方法がなかったとはいえ、不安に陥れることになってすみませんでした。メールをもらって、あなたが無事現代に戻ってきたとわかったときは、心の底からホッとしたんです」

「僕は、べつに、す、素直でも可愛くもありませんよ……。二十七にもなる男に使う形容詞じゃないでしょう、それ」

楡崎は高鳴る心臓を持て余しながら、わざと突《つ》っ慳貪《けんどん》に言う。

だが、椋梨は悠然とした笑みでそれをあしらい、見当違いの発言だとは全然感じていなそうだ。

「ロイドの家であなたと会って、暖炉の傍で夜更けまで話してみて、なんとなく私は自分がロイドの生まれ変わりで、あなたはアンさんの生まれ変わりかと感じる瞬間が何度もあったんですよ。あんな不思議な気持ちになったのは初めてでした」

真向かいからひたと見つめられて、そんなことを言われると、楡崎までおかしな気分になってくる。椋梨が言わんとすることを楡崎もうっすら感じていたからだ。

「……それより、あの、ひとつ聞いていいですか」

楡崎は椋梨の眼差しに搦《から》め捕《と》られまいと、話題を変えてささやかな抵抗を試みる。

「ケネス・グレンヴィルというのは誰なんですか。この名前、どこから……?」

「ああ、それは母方の祖父の名前です。祖父はロイドの姉マーガレットと、夫グレンヴィル氏の間に生まれた、管財人があなたに言った、当時十代だった長男の子孫なんです。ロイドの甥としてあなたをあの家で待つと決めたとき、自分の祖父の名前が私には一番馴染み深くて名乗りやすかったので」

「アンおばさんの写真を見て、十九世紀に飛ばされたとしても、ロイドさんの家を訪ねるかどうかは僕次第だったわけですよね。でも、あなたはロンドンで僕と接触せず、ルートンで待っていた。僕が来るとどうして確信できたんですか」

考えれば考えるほど何もかもが賭けだったのだと思え、ケネスに会えたことが奇跡だった気がしてくる。

「確信まではなかったけれど、根拠のない自信はありましたね」

椋梨は気負いのない口調で言い切る。

一実は私は、以前から楡崎晶という作家のことは知っていました。一読者としてですが。最年少で馬酔木賞をとられたので、注目して拝読したんです。受賞作を拝読して、最初、この人はずいぶん女性に近い感性を持っているんだな、と思いました。性別を知らずに読んでいたら、十中八九女流作家が書いた作品だと思ったと思います」

「確かに、そういう評価は多かったです」

受賞したのは何年も前で楡崎自身すっかり忘れていたが、椋梨に指摘されて思い出した。当時よく言われて、自分ではそんなつもりはなかったので、インタビューなどで理由を聞かれるたび、返事に悩んだものだ。

今考えると、あの作品は自分でも不思議なくらい、自分の中にいる何者かの魂が書かせたような、自然発生的な要素が強かった気がする。

ずっと認めるのが怖くて、考えないようにしていたが、自分はあの一作しか元々書けなかったのではないかと思ったことはある。

以降なかなか筆が進まず、やっと書き上げた二作目も一作目とは違う作家が書いたようだとまで言われて、悩みが深くなったのも、すべては、一作目が誰かに書かされた作品だったからなのではないか。

もしかすると、自分の中に、アン・ディヴィーズの魂が宿っているのだとしたら。

そこまで考えたとき、ブルッと全身に震えが走った。真実と邂逅《かいこう》したときの恍惚《こうこつ》と緊張、そんな感じだ。

椋梨は楡崎が何かを悟ったことに気がついたのか、小さく一つ頷くと、話を続けた。

「結婚前に付き合っていた男性がいて、駆け落ちまでするつもりだったという秘話があると知れば、子孫としても、物書きとしても、興味を引かれるんじゃないかと思いました。その経緯を辿ろうとすれば辿れる時代にいるわけだから、調べてみる気になるだろうと。あなたは私の予想以上に早く現れた。玄関先であなたにアンさんの写真を見せられたとき、ここまで連れてきてくれてありがとう、という気持ちになりましたよ」

そう言えば、あのときケネスは安堵したような様子だった。今なら、どんな気持ちだったのか、想像がつく。

「あなたが二度目のタイムスリップをしたのは、僕に資料を送ったあとすぐ？」

楡崎は重ねて聞いた。ケネスを演じていた椋梨のことを、あらためてちゃんと知りたかった。

「そうですね。翌々日にはあなたが訪ねてきてくれて、正直驚きました。もう二日くらい先になるかと踏んでいましたから。おかげでロンドンで百貨店に行ったり、食事をご一緒したりできて楽しかったです」

椋梨は、あのときと同様に優雅な手つきでカトラリーを使いながら、口元をふわりと綻ばせる。

「あ。あのときは何から何まで買っていただいて、ありがとうございました」

遅れはせながら礼を言う。

まるでデートのようだったと楡崎も思い返して、楽しかった記憶と一緒に照れくささが湧いてくる。

会ってすぐのときからケネスの親切さに感謝し、好感情を持ってはいたが、あの一日があったからこそ、その気持ちがぐんと強まり、もう一度会いたくてルートンまで追っていったのは間違いない。

ただ、それもケネスの不在を知らしめる必要からの計算内の行動だったのなら、寂しい気持ちになる。

楽しかった、という椋梨の言葉を素直に受け取りたかった。

「あちらでの支払いはすべて、ロイドから預かったお金で賄いました。役に立ててほしいと言われ、ならばあなたの支度に使ってしまうのがいいだろうと。ですから、私にお礼を言う必要はありません」

「そうだったんですね。じゃあ、ロイドさんに感謝します」

そうしてください、と椋梨は頷き、あらたまって背筋を伸ばして居ずまいを正した。

「番組制作の件ですが、これは元々局側の会議で楡崎晶先生に出演していただきたいという案が出ていたんです。ロイドにアンさんの子孫を捜してほしいと頼まれる前から、こんな形で縁ができかけていたとわかったときは、それまで運命などあまり信じていなかった私もさすがに驚きました」

「僕はてっきりロイドさんのことがあったから番組をダシにして連絡してこられたのかと思っていましたよ」

楡崎はあっけらかんと思っていたことをそのまま言ってしまい、椋梨に参ったような顔で苦笑いされて、慌てて弁解する。

「だからといって、べつに不服があるとかではないですから。そちらさえ僕でいいなら、出演することに異論はありません。視聴率の保証なんかはできませんけど」

「まぁ、普通はロイドに頼まれたのが先だと考えますよね」

椋梨は気を悪くしたふうもなく、面白そうな目で楡崎を見る。我ながら言い方は身も蓋もないが、悪気がないことは承知してくれているようだ。

「数奇な縁があると先ほど言ったのは、こうしたことからです。私が制作スタッフとして関わっている番組に、著名な方のルーツを探るというテーマのシリーズものがあり、馬酔木賞作家で富豪一族楡崎家の当主、おまけにタレント顔負けの美貌で知られる楡崎晶先生の名前が、先々の放映分の候補として挙がっていた。私はその番組のプロデューサーで、無理なくあなたとコンタクトが取れ、アンさんと秀一郎氏にスポットを当てたいと提案できる立場にいる。しかも、私はロイドの遠縁の子孫で、あなたはアンさんの子孫、百五十年近く前に縁があった二人の関係者です。こんな奇遇はそうそうないだろうと感じ入りました」

耳に心地いい穏やかな声音の中に、ときおり熱っぽさが混じる気がして、楡崎はそのたびに胸をざわつかせた。十九世紀で一緒に過ごした四日の間にあった事や、交わした会話が脳裡《のうり》を過《よぎ》る。

楡崎にしてみれば、ここ数日の出来事としか捉えられないのだが、椋梨にとってはあれは現在とは切り離された遥《はる》か昔の、架空の人物ケネスがしたことなのだろうか。

「……あの」

他のことなら、率直に、ときに不躾《ぶしつけ》なくらい無頓着に口にするのだが、椋梨の気持ちを確かめるようなことになると、楡崎はたちまちたどたどしくなる。

「はい。なんですか」

椋梨に理知的な瞳を向けられ、ビジネスライクな、さばさばした調子で先を促されると、自分が場違いな話をしようとしている気がして、言葉にする勇気が萎《しぼ》む。楡崎は、自分が椋梨に一番聞きたいことが、極めてプライベートな質問だと自覚していた。

「いえ、やっぱり結構です」

これはあくまでもビジネスの話をするための席だ。公私混同しては椋梨に迷惑をかけ、呆れられるだろう。

お遊び感覚の軽い気持ちで、形ばかりに仕事をしている独身貴族、などと陰で叩かれていることは承知している。椋梨にまでそのとおりの人物だと思われるのは嫌だった。

「遠慮せず、疑問があるなら正式に話を進める前に言ってください。あとで、そんなつもりではなかった、となるより、よほど助かります」

敏腕プロデューサーの顔になった椋梨は、最初に電話を受けたときの、そっけなくて、ちょっと嫌味っぽくて、取り付く島がない印象と被る。

相手がそういう態度でくると、楡崎もなかなかの負けず嫌いなので、すぐムッとして意地を張りがちだ。

「テレビのお仕事に関しては、真実以外の話を捏造《ねつぞう》するとか、僕のプライバシーを侵害するような画像や音声を放映するといった倫理上の問題が起きなければＯＫです。椋梨さんは常識的で品性のある方みたいだし、今回はご自身にも関わりのある内容に踏み込まれるのですから、お互い不快になるような切り取り方をされることもないでしょうから」

ついツンとした口調になる。

「もちろん、その点に関してはご心配無用です。でも、楡崎さん、何か私に不満がおありなのではありませんか」

椋梨を見ずにアクアパッツァにフィッシュスプーンを入れていた楡崎は、本音を突かれて思わず指をピクリと引き攣《つ》らせた。

不満があるとすれば、椋梨がケネスだったときに近づいた距離感を現代に持ち込み、あの関係を続ける気がないように思える点だ。

しかし　それは楡崎の一方的な感情で、要するに我が儘だ。言えるわけがない。

「気のせいです」

平静を装い、穏やかに返す。

「そうですか」

ここであっさり引き下がる椋梨に内心がっかりしながら、楡崎はしばらく食事に専念する振りをした。

和牛フィレ肉のグリルと共に出された赤ワインは、深みがあって重めなのに口当たりがよく、普段以上のペースで飲んでしまう。

会話が途切れた分、手や口を動かしていないと場を保《たも》たせられない気がして、少し動揺していたかもしれない。

「楡崎さん」

デザートの後にエスプレッソを飲んでいるとき、椋梨が気まずい雰囲気になどなっていなかったかのごとく、柔らかな口調で話しかけてくる。

「この後ご予定がなければ、ちょっとうちにいらっしゃいませんか」

さらっと爽やかに誘われて、楡崎は意味がわからず咄嗟に言葉が出なかった。どうしていきなりこんな展開になるのか、予想の斜め上過ぎて困惑する。うっかり期待して勘違いなら、それこそ穴があったら入りたい心地になりそうだ。けれど、深読みせずに他にどんなつもりで家に誘うのか考えようとしても、想像が働かない。

　せめてプライベートな誘いなのか、それとも仕事絡みの延長なのか、それだけでもはっきりさせてほしかった。

　けれど、口を衝いて出たのは、我ながら愛想のない言葉だ。

「僕に、まだ何か見せたいものがある……とかですか」

　心の中では椋梨の部屋に行けるなど、どんな用件で誘われているのであれ、舞い上がるほど嬉しいのに、これでは渋っていると取られても仕方がない。己の不器用さに舌打ちしたくなる。

「今夜はもうお帰りにならないとまずいですか」

　椋梨は楡崎の質問には答えず、重ねて聞いてきた。こちらの迷いを見透かし、本気で嫌がっていないと察した上で、わざと無視したのが椋梨の眼差しから伝わってくる。完全に椋梨のペースだった。

「夜から人と会うのに、その後にさらに別の予定なんて入れませんよ」

　表面上は仕方なさそうに溜息をついてみせつつも、心臓が胸板を突き破って飛び出すのではないかと不安になるほど動悸がしていた。

「まぁ普通はそうでしょうね。ではぜひ」

　椋梨は楡崎の返事を了承と受け取り、表情を晴らして微笑んで後に引けなくさせると、テーブルチェックをする際に車を呼ぶよう頼んだ。

「この業界にいると嫌でも目端が利くようになりますし、押し出しも強くならざるを得ないんですよ」

「そこまで昇ると、でしょう」

椋梨は薄く笑って無言でいなす。

要領の悪い楡崎には羨ましい限りの対応力だ。嫌味がなくて、計算高さや小狡《こずる》さも感じさせない爽やかぶりで感服する。

こういう男にならなら振り回されてもいいと思う自分が不思議だ。

けれど、実際、楡崎はケネスとの続きをここに来てようやく椋梨とできている感覚になっており、一秒ごとに好きの気持ちが募るのを、どうすることもできずにいた。

＊

椋梨の自宅は目黒《めぐろ》駅近くの十二階建てマンションの一室だった。

「どうぞ。一人暮らしなもので殺風景な部屋ですが」

玄関ドアを開けると広々としたホールがあり、ピカピカに磨かれた大理石の床がバリアフリーで、楡崎は靴を脱ぐべきなのかどうか迷った。自分の家が完全な洋館で、靴のままの生活に慣れているので、ここもそうかと思ったのだ。

「すみません。靴は脱いでください」

椋梨に本革製のバブーシュを差し出され、楡崎は恐縮しながら履き替える。

ホールを抜けるとリビングとダイニングとキッチンが一続きになった、だだっ広い部屋で、家全体がアンティークのような楡崎家とはまるで雰囲気が違う。椋梨自身が殺風景だと言うとおり、空間を広く残したまま必要最低限の家具調度品しか置かないスタイルの室内は、確かにスタイリッシュすぎて殺風景な気がした。

「ここには、ほぼ寝に帰るだけなので」

「毎晩遅くまで局に詰めているんですか」

「泊まりも多いですしね。出張やロケなんかも含めて」

適当に座っていてくださいと言われ、楡崎は総革張りの安楽椅子に腰掛けた。

興味津々に室内を見回す。

この一人掛けのどっしりとした椅子をはじめ、目につく家具類はだいたい国内外の有名デザイナーの作品で、いかにもインテリアコーディネーターに任せたらこうなりました、という感じがする。

「椋梨さんは、何に一番関心があるんですか。やっぱり仕事ですか」

キッチンで、一人暮らしには大きすぎる冷蔵庫の扉を開け、瓶ビールを二本手にしてこちら

[illegible]椋梨に「さあ」と薄く笑ってはぐらかす。

　アイランドキッチンに立って、見事な網目のメロンに包丁を入れ、生ハムを載せて皿に盛り付ける手つきは淀《よど》みがない。椋梨は料理もできるのだ。十九世紀でも夕食をご馳走《ちそう》になった。美味《おい》しかった。

　椋梨は冷蔵庫にあるもので手際よく酒のつまみを何品か作り、楡崎をさして待たせることなくリビングに運んできた。

　天板がガラスになったセンターテーブルを前にして、斜めに向き合う形で椋梨も安楽椅子に座る。長椅子の類いは置いていないのがなんとなく椋梨らしいと思う。

　もっと穿《うが》ったことを言えば、恋人の存在をいっさい感じない部屋で、楡崎は心の奥で勝手にホッとしていた。考えてみれば、ケネスには当然恋人などいないにしても、現実に二十一世紀で生きている椋梨はどうかわからない。楡崎はそのことを失念していて、遅蒔《ま》きながら部屋に来て思い至ったのだった。

　瓶に見たことのないラベルが貼られたクラフトビールを、椋梨がグラスに注《つ》ぎ分ける。

　形のいい長い指に視線を当てたまま、楡崎は思い切って聞いてみた。

「僕と椋梨さんの関係って、十九世紀でのことを含めて考えていいんですか。それとも、あれはあの場限りのことで、また一から、今夜初めて顔を合わせた者同士として始めるべきなんですか」

椋梨は空になった瓶をテーブルの端に載せ、楡崎の手元に綺麗に泡を被ったビールグラスを置く。

またはぐらかされるのかと一瞬思ったが、椋梨は僅かに首を傾《かし》げ、印象的な榛色の瞳で楡崎の顔を探るように見据えてきた。

「きみ、そんな器用なまね、できる?」

今までずっと、あなた、とか楡崎さん、としか呼ばれてこなかったのに、ここで椋梨に初めてきみと呼び掛けられ、楡崎の気持ちを抑えつけていた箍《たが》が外れたようだった。

拗ねた顔で椋梨から目を逸らし、ビールグラスに手を伸ばす。

「できるわけない」

ボソッと呟いてグラスを持ち上げる。

「私も無理だ」

呟きをきっちり受け止めた椋梨が、そう返してきて、自分のグラスを取った。

「なしにしないといけないなんて考えもしなかったな」

シャンパンのときと同様に、グラスを重ねずに乾杯のしぐさだけする。

なんだ……そうなのか。

どうやら楡崎はいろいろと考えすぎていたらしい。椋梨がわかりにくいせいもあるが、それ以上に、楡崎が椋梨の反応を気にかけ、余裕をなくしているからだろう。

好きになったのかもしれないと楡崎自身まだ半信半疑で自問自答している段階で、こうして椋梨と二人きりになっても、どうすればいいのかわからない。

なにしろ相手は同じ男性だ。楡崎は同性とのほうが落ち着くので、たぶんそうなのだと思うが、椋梨は女性とでなければ恋愛は無理かもしれない。その可能性はとても高い。

このまま友人として付き合うのもありか。

でも、それでは、先々自分が辛くなって耐えられなくなるのではないか。

いっそ当たって砕けるほうが潔くて自分らしい気がする。

ああだこうだと考えるうち、胸が苦しくなってきた。

激しくなる一方の鼓動を鎮めたくて、グラスを傾ける。

よく冷えたビールが喉を流れ落ちていく。半分も飲んだ頃には、楡崎の躊躇いや遠慮も、だいぶ押し流された気がする。

グラスをテーブルに戻し、指先に僅かに水滴のついた手で前髪を掻《か》き上げる。

今夜はもうかなり飲んでいる。けれど、緊張しているせいか、酔った感覚はさほどない。体が火照り、肌がうっすら汗ばむくらいだ。熱に浮かされた勢いで、自分に正直になれそうだった。

「プライベートな質問、してもいいですか」

「なんなりと。私のほうも聞きたいことがあります」

椋梨に何かしら興味を持たれているなら嬉しい。楡崎は自分だけが盛り上がっているわけではないと思え、肩の力が少し抜けた。

遠回しに聞くのは性に合わない。

べつにせっかちなほうではないと思うが、回りくどいのは苦手で、考えすぎるとかえって失敗しがちなタイプだ。

「今、付き合っている人とかいるんですか」

いささか唐突な質問だったに違いないが、椋梨は軽く眉を動かしただけで、たじろいだ様子はなかった。

「いません。今はフリーです」

もったいぶらずに答え、「きみは？」と同じ質問を投げ返される。

「え、僕もいませんが」

「恋愛対象は異性？　同性？」

「はっ？　え……っと、たぶん、同性かな」

「たぶんと言うのは、今までどちらとも付き合ったことがないという意味？」

「ああ、まぁ、ちゃんと最後までは……って、ちょっと待ってください。何言わせるんですかっ」

[illegible]ここ、[illegible]たらまた次の質問が来るので反射的に続けて答えたが、先に聞いて

[illegible]気がつくと、同性愛者でほぼ童貞という最もデリケートなプライバシーを明かしていて、遅ればせながら狼狽えた。

「申し訳ない。よけいなことまで聞いてしまった。きみがあんまり素直で可愛いから、つい何もかもいっぺんに知りたい欲が出た」

椋梨は英国人の血が多く出た彫りの深い美貌に、上質の笑みを浮かべ、ここぞとばかりに楡崎の心臓をときめかせる。あまり反省している様子はないが、もはやそんな野暮なことが言える雰囲気ではなかった。

「可愛いは勘弁してと言ったはずですよ」

ドギマギしながら楡崎はやっと一矢報いたが、椋梨は二十七歳の男だろうとかまうことなく今後も楡崎に言うつもりのようだ。聞こえなかったかのごとくスルーされた。

「じゃあ、私と付き合いませんか」

代わりに、いきなり椋梨から言われ、楡崎は一瞬日本語が理解できなくなったかのごとく、惚《ほう》けたようにぽかんとしてしまった。本気で聞き間違いかと疑いかけた。

「十九世紀のルートンで初めてお目にかかったときから、楡崎さんのことが好きです」

冗談など入り込む隙もない真剣な眼差しで重ねて告白されて、じわじわと現実味が増してくる。同時に動顛《どうてん》しそうなほどの幸福感も襲ってきて、今度は嬉しさのあまり息が止まりかけた。

「……そ、んな言い方したら、まるで百三十年も前から好きだったみたいに聞こえるじゃないですか」

しどろもどろに、ピントの外れたことを言って恥ずかしさを紛らわそうとしてしまう。

「案外、当たらずとも遠からずかもしれないですよ」

椋梨はそれを真面目に受け止め、楡崎をいっそう赤面させた。

「ロイドさんが乗り移ったみたいなことを言うけど、僕はアン・ディヴィーズじゃないですよ。性別から違うじゃないですか」

「それ、そんなに重要ですか。私は元々同性しか好きにならないので、かえってきみが男で嬉しいけど」

さらっとまた新たな告白をする椋梨に、楡崎は完全に白旗を掲げた気分だった。

「なんで、いつもそう取り澄まして先手を打つんですか。僕からあなたに好きだと言おうと思って、さっきからずっと、どう切り出そうかさんざん悩んでいたのに」

白旗を揚げても、文句を言わずにはいられないのが楡崎の性分だ。

椋梨はそれを悠然と微笑んで受け止める。

五歳年上の男の風格と余裕を見せつけ、ちょっぴり意地悪なところを茶目っ気として加味してくる。

「悔しい。けど、好き」

訥々《とつとつ》とした口調で、でもこれ以上ないほど熱っぽく告げて、楡崎はボッと顔中を真っ赤にし

「いちおう、賞までもらったことのある作家なのに……なにこの稚拙な告白」

自分で突っ込まなければ恥ずかしくて居たたまれなかった。

「いや。ここで文学的高尚さで何か言われたら、そっちのほうが萎えます」

「……えっ。えっ、な、萎え……？」

べつに普通に使う言葉だったにもかかわらず、楡崎は沸騰した頭ではしたない想像をしてしまい焦る。品のいい椋梨が、と目を瞠り、次の瞬間、あっ、そういう意味じゃない、と気づいたが、そのときにはもう、椅子を立った椋梨が楡崎の目の前にいた。

スッと差し出された手を、考えるより先に取り、腕を引かれて立ち上がる。

「椋梨さん」

「一斗《かずと》だ」

「急に言われても……」

こういうの慣れない、と不器用さ全開で呟くと、椋梨のほうから「晶」と呼ばれた。

腰に腕を回され、抱き寄せられる。

楡崎からもぎこちなく椋梨の体に触れてみると、見た目以上にしっかりと筋肉がついているのがわかり、性感を刺激されてゾクゾクした。やっぱり自分は男が好きなんだなと思い知らされる。男というよりも、椋梨に惹かれているから、こうも簡単に淫らな気分になるんだ、と己に言い訳してもいた。

「晶にとっては確かに急すぎる展開かもしれないが、私は晶より二ヶ月前からずっと晶を見ていた。接触したのは電話したときが初めてだったが、楡崎晶にオファーすると制作会議で決まってからは、堂々と晶のことを調べられたし、四六時中考えていたからね」

グッと力を込めて抱き締められる。

こうして体をくっつけ合うと、身長差を実感する。椋梨が喋《しゃべ》るたび、耳朶《じだ》を擽《くすぐ》られるような感覚を味わわされ、身動《みじろ》ぎするのも躊躇う。下手に体を動かすと、芯を作り始めている下腹部の淫らさに気づかれそうで、楡崎は固まったようになっていた。

「十九世紀で無事会えたときは、自分でも驚くほど嬉しかった。惚れてしまったなとはっきりわかって、気持ちを抑えるのが大変だったよ」

椋梨は常に泰然としている印象があったので、意外だったが、好きな人からこんなふうに言われたら、舞い上がるなと言われるほうが無理だ。

「僕は一斗さん……一斗がケネスだったとわかって、泣きそうなくらい嬉しかった。百三十年ほども前に生きていた人を好きになって、その記憶を抱えたまま現在に戻ってきたなんて不幸せすぎると思っていたから」

楡崎ははにかみながら言い足した。

「……、好きになったのは初めてだったのに、ひどすぎる結末、って」

[illegible]今夜は気持ちを確かめ合えたから、ここでやめておく？　それとも……」

「未経験だけど、子供じゃないんで」

楡崎は椋梨に最後まで言わせず先回りした。きっとこれも椋梨には予想がついていたに違いないが、言わされたという感じはしない。なにより晶自身が、早くこの下腹部に溜まった熱と疼きをどうにかしてほしくてたまらなくなっていたからだ。

「優しくする」

耳元に唇を寄せ、色っぽい声で囁《ささや》かれる。

脳髄がクラクラして、股間に妖しい痺《しび》れが走り、楡崎は堪《こら》えきれずに淫らな吐息を洩らした。ジンジンと疼きだした陰茎がズボンの前を突っ張らせ、窮屈さと辛さに前屈みになりかける。

「歩ける？　たぶん、晶くらい細ければ、抱きかかえられると思うけど」

「歩……うわっ！」

返事をしかけた矢先に、最後まで聞く気などなかったように横抱きにされ、楡崎は動揺して悲鳴を上げた。

「待って、怖い。お、落ちる……！」

「落とさない。思った以上に軽い」

お姫様抱っこなど結婚式か漫画の中でしかやらないものかと思っていた。

椋梨の首と肩に両腕を回してしがみつき、リビングの隣の部屋に運ばれる。

慎重に下ろされた先はダブルサイズのベッドの上だ。

固めのスプリングがギシリと僅かに軋《きし》み、楡崎の体を受け止める。

リビング同様、寝室もスタイリッシュに纏まっていた。天井に埋め込まれているのはダウンライトだけで、窓辺にスタンドライトがあり、枕元に読書灯があり、といった感じで、すべて間接照明だ。楡崎家もそういう部屋が多いので、楡崎はこのほうが落ち着く。

先に脱いで裸になった椋梨は、スーツであそこまで着痩せするのかと溜息が出るほど見事な体軀《たいく》をしている。胸板の厚みと腹筋に目が釘付《くぎづ》けになる。鍛え抜かれた美しい体だ。これなら体重が六十キロあるかどうかという楡崎くらい難なく抱えられるわけだ。

潔く露《あら》わにした下半身にぶら下がっているものも立派で、目にするやいなや、感嘆して視線を彷徨《うろつ》かせてしまった。

椋梨に見惚《みと》れるあまり自分は脱ぐのを忘れていたが、どのみち、こういう場合は自分からポンポン脱ぐのも情緒がない気がするので、椋梨がベッドに上がってくるまで待っていてよかったのだろう。

一つボタンを外すたびに頬や顎や耳のあたりを撫《な》でられ、優しく唇を合わせてくる。

最初は触れるだけだったキスが、回数を重ねるごとに濃厚になっていく。

[illegible]掠《かす》[illegible]こうが、少[illegible]くくっついたままにされ、啄《ついば》まれ、吸われ――上半身を裸にさ

[illegible]との淫らなキスを交わしていた。

濡れた粘膜を接合させるたびに、クチュッと猥《みだ》りがわしい水音が立つ。シンとした寝室に淫靡《いんび》な音が響き、楡崎の性感をいっそう刺激した。

全部脱がされて、シーツに押し倒され、脚を開かされたときには、すでに頭がぼうっとするほどキスで酩酊《めいてい》させられていた。

仰向けに横たわった楡崎の上に、椋梨がのし掛かってくる。

椋梨の熱と、ずっしりとした重さを受け止め、薄く湿った肌で感じる。

「熱い……一斗」

「もっと熱くなる」

「あっ……だめ。声、よすぎ」

「晶の声もいい。さっきから腰に来てる」

「あ、あっ」

耳朶を甘噛《あまが》みされ、湿った息を掛けられ、楡崎は顎を震わせて喘《あえ》ぐ。

弱いのは耳だけではなかった。

充血し、硬く凝《しこ》って突き出した乳首を指で弄《いじ》られ、口をつけて噛んだり舐《な》めたり舌先で弾《はじ》かれたりすると、たまらない刺激が何度も何度も全身を襲ってきて、はしたない声をいくつも上げた。

シーツの上でのたうつ様はさぞかしいやらしく、椋梨以外には見せられない痴態を晒《さら》しているだろう。

全身をくまなく撫でられ、感じやすいところにキスを降らされる。

吸い立てられた乳首は赤く腫れ、空気が触れるだけで感じて楡崎を啜《すす》り泣かせた。

付け根が痺れるほど繰り返し搦め捕られた舌は、自分のものではないようだ。唇を塞がれるたびに自分から隙間を作り、椋梨の舌を欲しがって誘うように動かしてしまう。

飲み込みきれずに唇の端から伝い落ちた唾液まで椋梨に舐め取られ、涙で重くなった睫毛《まつげ》にも舌先を使われる。

どこもかしこも汗と体液で濡れ、シーツを汚してしまっていた。

むろん、性器も口淫されて、一度ならず二度まで白濁を散らしていた。

最初の射精は恥ずかしいほど早かった。

楡崎はめったに自慰もしないので、自分がこれほどセックスが好きだとは思いもしておらず、どんな顔をすればいいのかわからなくて泣きそうになるほど戸惑った。

二度目はさすがに少し持ち堪《こた》えたが、それでも椋梨の巧みな性戯にかかれば、さしたる抵抗はできなかった。

一度達した性器を間を置かずに扱《しご》かれ、敏感な先端を吸引し、舌先で抉《えぐ》られ、舐め回され、[illegible]は比較にならないほど感じさせられ、悶絶《もんぜつ》した。

許してと繰り返しながらイかされ、少しの間気を失っていたらしい。

椋梨は深いキスで楡崎に意識を戻させると、今夜はここまでにしておこう、と優しく言ってくれた。

「いやだ」

まだ、最後までしていない。

今度は椋梨が達して喘ぐ姿を見たい。

「……どうするのかは知ってるし、きっと大丈夫だと思う。一斗が欲しい」

ここに、と脚を開いて性器と陰嚢《いんのう》を自分の手で持ち上げ、奥の窄《すぼ》まりを見せる。

たぶんこれまで経験したことのなかった行為の連続で、頭がどうにかなっており、羞恥よりも欲情を求める回路が開いてしまっていたのだろう。素面《しらふ》の時には絶対にこんなまねはできなかったと思う。

「少しでも無理だと感じたら、途中でやめる」

椋梨はそう言って、サイドチェストの引き出しから潤滑剤のボトルを取った。

とろりとした液体を後孔に塗《まぶ》され、楡崎は俯《うつぶ》せで枕を握り締めて肩を揺らした。

襞《ひだ》の一本一本を広げるように丹念に潤滑剤を施される。

物心ついてからは誰にも触らせたことのない秘部を弄らせてもかまわないと思えるほど強い

気持ちになったのは初めてだ。

　怖くないと言えば嘘になる。

　けれど、それ以上に椋梨と繋がりたい欲求が強かった。

　長い指が少しずつ狭い筒を掻き分けて入り込んでくる。

「はっ……あ……あ、うっっ」

「痛い？」

　楡崎は枕に顔を埋めたまま、大きく頭を横に振る。

　腰の下に挟まされたクッションに陰茎が擦れ、新たな性感が湧いてくる。

　内側から指で男の弱みを刺激されるのと相俟《あいま》って、指を二本に増やして穿ち直されたとき、あろうことかクッションに向けて三度目を極めてしまった。

「はああっ、あっ」

　さすがにもうほとんど出なかったが、それまでとは違う快感が嵐のように襲ってきて、腰を大きく揺すって身悶《みもだ》えた。

「中が、うねって、絡んでくる」

「嫌だ……っ、言わないで」

　中に二本、付け根まで入り込んでいた指を抜かれ、楡崎は立て続けに嬌声《きょうせい》を上げてビクビクッと震えた。

い」

指を抜かれてヒクヒクと収縮している後孔に再び潤滑剤をたっぷりと塗される。太腿《ふともも》を伝ってシーツを濡らすほど大量に施され、指で窄まりを広げて筒の中にまで流し込まれた。

もうそれだけで楡崎は泣くほど感じてシーツに爪を立てていたのだが、しとどに濡れた後孔に硬く張り詰めた先端が押しつけられてきたときには、期待と不安に息が詰まりそうになった。

「……お、大き、すぎない？」

「息を止めないで。ゆっくり吐いていて」

楡崎は必死で言われたとおりにする。

ズプッと襞を押し広げて硬い先端が潜り込んでくる。

「ヒッ！　あ……あ、あっ」

「大丈夫だ。挿《はい》る」

腰を両手でガッチリ摑まれ、尻たぶを割って後孔をしっかりと開かされる。

そのまま硬く撓《しな》った陰茎をググッと押し進められ、楡崎はあられもない声を放ち、背中を弓形に反らして悶えた。

内壁を十分濡らされているため、痛みはほとんどなかったが、固く太いもので狭い筒の中をぎゅうぎゅうに埋められ、動くたびに粘膜を巻き込むようにして擦り立てられる淫靡さに、呻《うめ》かずにはいられない。

「……っ。狭い」

だが、ここまで来れば椋梨も引くより最後まで入れて慣らしたほうがいいと思ったようだ。楡崎もやめられたくなかった。

ズン、と最奥を突き上げられる。

「あああっ」

「晶」

背中から椋梨に抱き締められる。

項《うなじ》に熱く湿った息がかかり、ゾクゾクして首を竦《すく》めた。

「入った？」

「ああ」

「気持ちいい？」

「ああ。晶は？」

「いい。すごく」

椋梨と一つになれた感動の前には、体の中を深々と貫かれる苦しさなど、取るに足らないものだと思えてくる。

「動いて

「いや……」

「一斗がイクところ、見たい」

楡崎がそう言っても、なお椋梨は躊躇っていたが、三度目に「して」と頼むと、荒々しく横から唇を塞いできて、それから、愛情の丈を込めた抽挿を慎重に始めた。

腰を中心に全身を揺さぶられながら、楡崎は頭の中でいくつもいくつも閃光《せんこう》を生じさせ、半ば夢心地で乱れた声を発していた。

椋梨の亀頭が様々な角度で楡崎の奥を抉り、内壁を擦り立てて淫靡な法悦を味わわせる。

椋梨の呼吸が荒くなり、達する寸前に脳髄が痺れるような艶っぽい声を聞かされた。

楡崎の中で椋梨がドクンと脈打つ。

息を荒らげた椋梨が楡崎の体の上に突っ伏してきて、楡崎は幸せに酔い痴《し》れた。

しばらくそのまま二人でくっついていた。

椋梨は楡崎を気遣い、体をシーツに下ろして、楡崎を横から抱いてくる。

「大丈夫だった?」

少し息が落ち着いた頃、椋梨に聞かれる。耳元で囁くように発した声に耳朶を擽られ、達した余韻が冷めやらぬ楡崎は、ゾクゾクと身を震わせた。

悦楽がなかなか鎮まらず羞恥に戸惑う。

「気持ち……よ、まだ頭がふわふわしてる―

楡崎は正直に答え、椋梨の汗ばんだ胸板に顔を埋めた。椋梨の匂いに、またもや性欲を刺激される。

「あなたは、後悔してない？」

「するわけがない」

楡崎のぎこちない問いに椋梨はきっぱりと答えた。

ホッとして、楡崎は泣きそうなほど嬉しくなる。

十九世紀末のイギリスで会って始まった恋は、二十一世紀の現代に繋がり、この先も続いていく。

楡崎は椋梨の裸の胸に顔を埋め、ずっと一緒にいられるようにと願いを込めて、トクトクと波打つ心臓の上にキスをする。

椋梨にもその気持ちが伝わったのか、同じようにして返されたのだった。

続・百五十年ロマンス

＊＊＊

ああ、やっぱり、だめだ！　言葉がうまく出てこない。

楡崎《にれざき》は一時間ほど前に立ち上げたワープロソフトを白紙のまま閉じ、デスクトップパソコンを据えた書き物机を離れた。

北向きに設けられた窓から外を覗《のぞ》く。

ぽかぽかと暖かそうな日差しが、手入れの行き届いた前庭に降り注いでいる。桜の開花にはまだ早く、風も冷たさを孕《はら》んでいることが多いが、つい外に出たくなる陽気だ。

書けない、書けないと唸《うな》りながら、日がな一日薄暗い書斎に籠もっているより、ここは一つ気分転換に散歩でもしてくるか。そのほうが頭もすっきりして、自分の中でぴたりと嵌《は》まる書き出しの文章が浮かぶかもしれない。

薄手のコートを羽織って玄関ホールへ続く階段を下りていくと、執事の神内《じんない》が左手の通路から現れた。いつもの通り一分の隙もない黒スーツ姿で、ロマンスグレーの髪が上品だ。神内は五十年近く住み込みで働いてくれており、今年二十八になる楡崎よりずっと長くこの家と共に生きている。両親亡き後、若くして当主となった楡崎にとって、厚い信頼を寄せている家族同然の存在だ。

「お出掛けですか」

「庭を歩いてくるだけ。ちょっと息抜きに」

「春らしい上天気ですが、結構風があって寒いですので、お気をつけください」

「わかった。ありがとう」

確かに外は思ったより肌寒かった。

楡崎邸を取り巻く庭は、完全な西欧建築の館との統一感を持たせた洋風庭園だ。正面玄関のある北向きの前庭は、門から車で乗り入れられるアプローチになっていて、植え込みや花壇が整然と配されている。散策にうってつけなのは、南側に広がる主庭のほうだ。

そちらに足を向けたとき、コートのポケットに入れてきたスマートフォンがブルルと振動しだした。電話だ。かけてきた相手の登録名が液晶に表示される。それを見た途端、楡崎は自然と頬を緩め、小さく心臓を弾ませていた。

「もしもし。一斗《かずと》?」

『やぁ。今電話して大丈夫だったか?』

「うん。ちょうど庭を歩き回っていたところ。原稿が全然捗《はかど》らなくて。無理やり捻《ひね》り出そうとしても出ないものは出ないから、根詰めないで体動かしてみようと」

他の誰にも執筆がうまくいっていないと弱音を吐くのは憚《はばか》られるが、五歳年上の恋人にだけは素直に吐露できる。

椋梨《むくなし》一斗とは昨年の十一月に出会い、付き合うようになった。

最初に椋梨のほうからコンタクトを取ってきた時点では、テレビ番組の制作プロデューサーと、出演を依頼された作家というビジネス上の関わりでしかなかった。けれど、その裏に百五十年近く前のイギリスにおける先祖の縁があり、時を超えて異国の地で摩訶《まか》不思議な交流をするうちに、楡崎は椋梨に惹《ひ》かれていった。

そして、無事元いた時代に戻って本来の形で改めて顔を合わせ、互いに特別な感情を抱いているとわかって、晴れて恋人同士になったのだ。

十九世紀のロンドンと、その近郊のルートンという都市で、ケネスと名乗っていた椋梨と行動を共にした際、これは夢だ、夢に違いないと考えることで整合性を図っていたところが楡崎にはあり、夢ならばと大胆になって素のままの自分を曝《さら》け出していた。なので、椋梨に対しては、気取ったり取り繕ったりせずに、弱い自分、ダメな自分を見せることに、あまり躊躇《ためら》いを感じずにすんでいる。

椋梨はそんな楡崎を、時に甘く、時にきつく、励ましたり窘《たしな》めたりして寄り添ってくれる。今まで誰にも相談することなく、一人で悩み、苦しみ、意地を張り、世間にどう評されようと傷ついていない振りをして突っ張っていたのが嘘《うそ》のようだ。椋梨と一緒にいると落ち着く。勇気や元気、希望が持てる。楡崎は椋梨に会えて、身も心も委ねられる関係になれたことを、きっかけとなったご先祖に感謝している。

椋梨は、いわゆる業界人にしては浮ついたところがなく、常識的で、謙虚な人柄だ。ノリの軽い、口のうまい連中にしばしば嫌な目に遭わされてきた楡崎には、椋梨が纏《まと》う穏やかで知的な雰囲気が好ましい。電話だけだとちょっと冷ややかでそっけなく聞こえる声も、今では椋梨の不器用さや真摯さゆえだと承知しているから、初めて話したときとはまるで違う印象を受ける。楡崎は椋梨の低めの声音や、静かで淡々とした喋《しゃべ》り方も好きだ。電話越しに耳元で聞くと、色香を感じてゾクゾクする。

『執筆、大変そうだな。私は門外漢だから創作に関することはわからないが、根を詰めずに、というのはいいと思う。息抜き中ならちょっと顔を見に寄ってもいいか。実は今、近くに来ている。金沢文庫《かなざわぶんこ》で一つ用事を済ませたところだ』

「えっ。時間あるなら会いたい」

楡崎は嬉《うれ》しさに声を弾ませた。椋梨と顔を合わせるのは二週間ぶりだ。開店休業状態に近い寡作作家の楡崎は、その気になればいつでも都合をつけられるのだが、テレビ局勤務の椋梨はいつ休んでいるのか心配になるほど多忙なときが多い。

『車だから、三十分ほどで行ける。夕方には局に戻らないといけないので、本当に顔を見るだけになるかもしれないが』

「それでも嬉しい。でも、無理してない？」

『してない。そろそろ会わないと干からびそうだ』

「……僕も。じゃあ待ってる。安全運転で来て」

胸をほっこりさせて通話を終えると、楡崎は主庭の散策をやめて屋内に戻った。

神内にお茶の準備を頼み、ソワソワする気持ちを宥《なだ》めるために書斎で今一度パソコンに向かい、何度も書いては消してを繰り返してきた書き出しの一文について再考した。

大学在学中に史上最年少で馬酔木《あしび》賞を受賞したものの、今や楡崎晶《しょう》は作家としての認知度はなきに等しい体たらくだ。受賞の三年後にどうにか書き上げた二作目は、お世辞にも評価されたとは言い難く、それからさらに四年近くエッセイや雑誌掲載の短編以外は発表していない。

幸か不幸か、メディア映えする容貌と、代々続く名家の若き当主という一般受けしそうなプロフィールのおかげで、バラエティやクイズ番組からときどきオファーが掛かり、それでかろうじて露出がある程度だ。昨年末に取材してもらった、椋梨が制作側トップの『ルーツ』という番組が先月放映されて、また少し話題に上るようになった。とはいえ、それも今だけのことだ。

書くほうに関しては依然崖っぷち状態で、書き出しに頭を悩ませているこの作品も、どこの出版社からも別段待ち望まれていないことはわかっている。

ただ、今は、楡崎自身が書きたいのだ。

タイムスリップという特異な体験をして、遠い昔に実際に生きていたご先祖の淡い恋や、家族への思い、あの時代に英国人女性が海を渡り、生涯を日本で終える決意をした強さを知ることができた。その上、楡崎自身も椋梨を好きになり、初めて恋人ができた。この稀有《けう》な出来事が楡崎の創作意欲を刺激し、書かずにはいられない気持ちにさせた。

頭の中で物語が渦巻いている。久しぶりに、またこの感覚に見舞われた。しばらく忘れていた衝動だ。それがようやく戻ってきた。

どうにかしてこの物語を自分の言葉で表現し、書き切りたい。

気持ちは逸《はや》るが、まだ何か足りないのか、思うように形にすることができず、書いては消し、書いては消しで、白紙のまま早十日が過ぎようとしている。

焦っても仕方がない。創作の神様が降りてくるのを待つしかないときがあることを、楡崎は経験上知っている。思えば、馬酔木賞を取った作品を書いたときは、何かに憑《つ》かれていたような、ゾーンに入り込んでいた感じだった。自分が自分でなかった気がする。作者は女性ではないのか、女性が書いたのだと思った、という書評を多々受け、椋梨からも同じことを言われた。処女作を楡崎に書かせたのはご先祖のアン・ディヴィーズで、彼女の魂が楡崎に乗り移っていたのかもしれない。突拍子もない想像だが、十九世紀に実際にタイムスリップしてきた今は、あり得ない話ではないと思っている。

二作目は、早く受賞後第一作を仕上げなければ、周囲の期待に応えなければと、ただもう必死だった。まるで初めて執筆するかのようなぎこちなさ、何を書きたいのかわからなくなる迷走ぶりで、とりあえずエンドマークは打てたものの、正直結果は発表前から予想できていた。

面白くないのではと作者が自信を持てぬまま手放した作品が、読者の心を摑めるはずがない。

早くも二作目で失敗し、それからは書くことが怖くなった。以前から約束していた三作目に取り掛かる気力がまったく出ず、版元の態度もなんとなく逃げ腰で、もう書かなくていいのでは、と投げやりになりかけていた。そのくせ、タレント扱いされるのは屈辱だとプライドだけは保ったままで、椋梨と知り合う前の楡崎は、我ながらイタかった。

だが、それはもう以前の話だ。

やっぱり書きたい。今度こそ自分自身納得のいく、楡崎晶の作品が書ける気がする。

気持ちを新たに、突き動かされるようにして原稿と向き合った。けれど、そうそう思い通りにはいかない。出だしから躓《つまず》き、意気込みだけが空回りしている感じで、いつまで経《た》ってもマスを埋められずにいる。そもそも文字書きの才能などないのでは、と不安に駆られもした。それでも、投げ出す気は起きないのだ。

今にきっと、最初の一文はこれしかないと思える文章が見つかる。

白い画面をじっと見据えて、楡崎は己を信じようと思った。

原稿と向き合っていると三十分などあっという間だ。

前庭に車が入ってくる音がする。

楡崎は勢いよく立ち上がり、書斎を飛び出した。

「椋梨さん！」

大階段の手摺《てす》りから身を乗り出し、神内の出迎えを受けてホールに入ってきた椋梨に向かって弾んだ声を掛けた。二人きりのときは「一斗」と呼び捨てにしているが、神内の手前、自重する。

「どうも、先生。突然お邪魔してすみません」

椋梨もビジネスモードだ。

実のところ、二人が付き合っていることは薄々気付かれているようなのだが、神内はそうしたことを表情にも態度にもいっさい出さないので、楡崎から確かめない限り本当のところはわからない。聞くのも気恥ずかしく、うやむやにしたままだ。

「元気そうだな。安心した」

「うん。一斗も、相変わらず忙しそうだけど、そこまで疲れてる感じじゃないね。よかった」

客間でお茶を待つ間二人になると、たちまち恋人同士の雰囲気になる。

久々に会えて歓喜する気持ちを抑えるのは難しく、楡崎はにやける顔を取り繕えなかった。

そこに椋梨の発言が拍車をかける。

「今手がけている仕事、明後日《あさって》には一段落しそうだ。金曜の夜、空いているなら食事でもしないか」

「する。もちろん」

楡崎は即答した。元より用事は入れていないが、先約があっても調整して椋梨とのデートを

「それまで僕も執筆を少しでも進めるよう頑張る。心置きなく食事を愉《たの》しめるように」

できれば、食事の後は椋梨の部屋に行き、泊まりたい。

それは椋梨も同じ気持ちらしく、絡んだ視線に熱を感じた。

言葉にしなくても通じ合っているのがわかる。照れくささと、こそばゆさが込み上げ、そっと唇の内側を噛《か》む。

椋梨といると、心が何倍も動く。細やかに、大胆に。それら一つ一つを丁寧に拾い上げ、自分の言葉で表せたなら、表現の幅が広がって、より的確に言いたいことを伝えられるだろう。

「本当に、一斗と会えてよかった。アンおばさんと、ロイド・オーウェンさんには感謝しても し足りない」

「あの奇妙な、常識では説明のつかない時間遡行をそんなふうに言ってくれて、私こそ感謝でいっぱいだ。何が起きてもたじろがずに受け止め、順応するあたり、さすが作家だと思った」

椋梨は楡崎の目を見据え、力強い言葉をくれる。

「執筆で悩んでいるみたいだが、私には、今のきみはどこか一皮剝《む》けた感があって、これまでとは違う境地にいる気がする。もっと自分を信じていいんじゃないか。きっと三作目も書き上げられるよ。一読者として楽しみにしている」

「一斗にそんなふうに言ってもらったら、やらないわけにはいかないな」

好きな人の言葉は強い。ダイレクトに響く。全身に活力が漲《みなぎ》っていくようだ。

椋梨はお茶を飲むと、長居することなく引き揚げていった。最初に言っていた通り、まさしく隙間の時間に楡崎の顔を見るためにだけ寄ってくれたらしい。

短時間でも楡崎には貴重なひとときだった。責任ある立場で、自分の仕事を誠心誠意こなしている椋梨を目の当たりにし、身が引き締まる思いがした。

椋梨を見送ったあと書斎に籠り、気持ちを入れ替えて創作に集中する。

夜中までかかったが、思考の迷路に迷い込んでいた物語運びがようやく形になり、どうにか書き出せた。脱稿までの長い旅路の始まりに立てただけだが、とりあえずホッとする。

この調子で、明後日までにある程度の枚数、書き進めておきたい。椋梨に少しでもいい報告がしたかった。

ところが、翌日、予期せぬ事態が起きた。

朝方、実力派俳優として知られる加門恭久《かもんやすひさ》が、自宅マンションで死亡していたというニュースが流れ、この件について、楡崎の数少ない友人の一人である尼子《あまこ》憲俊《のりとし》から、動揺した声で電話がかかってきたのだ。

1

劇団出身で、舞台を中心に活動していた加門恭久が亡くなった。

享年二十七歳。

一昨年の大河ドラマに、癖の強い脇役で出演したのが話題になって知名度が上がり、以降はテレビドラマのヒットシリーズにゲストで招かれたり、大手企業のCM契約が増えたりと、舞台以外での活躍もめざましく、役者としてノリに乗っている印象だった。

その加門が自宅マンションで倒れているのを、連絡がつかないことを不審に思ったマネージャーが様子を見に来て発見した。その時にはすでに息をしていなかったらしい。

楡崎晶がこの件を知ったのは、午前七時半にかかってきた電話でだった。

『朝早くから悪い。もしかしてまだ寝てたか』

「うん……まぁ。ゆうべ遅くまで仕事してて。寝たのが三時過ぎで」

起き抜けで意識が半分ほどしか覚醒しておらず、「どうした?」と聞いたときには、まだ緊張感ゼロだった。

「珍しいね、憲俊がこんな時間に電話してくるとか。ひょっとして悠真《ゆうま》と喧嘩《けんか》でもした?」

『違う。俺のことじゃないんだ』

普段は泰然としていることが多い尼子憲俊が、今朝は明らかに余裕をなくしている。苛立《いらだ》ちと動揺が滲《にじ》む声を聞き、これは只事《ただごと》ではなさそうだとようやく察して、眠気が飛んだ。

「ごめん。今やっと目が覚めた。何があった？」

『いや。俺のほうこそ、ほんとこんな時間に悪い。今朝のニュース、当然まだ見てないだろ。加門、覚えてるか。高校の同窓生の加門恭久』

「もちろん。最近よくテレビで見るし。普段は物静かでおとなしいのに、舞台に立つとまるで別人で、昔から演劇のことしか考えてないみたいなやつだった。で、加門が何か？」

スマートフォンで尼子と話しつつ、楡崎はベッドを下りてカーテンを開けに行き、眩《まばゆ》く降り注ぐ朝日に目を細めた。

まさか、爽やかな気分になった直後に、高校の同窓生の早すぎる死を知ることになるとは、予想もしなかった。

『自宅マンションで、遺体で見つかったそうだ。ニュースが流れたのは今朝だが、発見されたのは昨日の午前九時くらいみたいだ』

「え、今なんて？　遺体？　加門が？」

あまりに突然すぎて、咄嗟《とっさ》に理解が追いつかない。死を意識するには早い年代だ。ましてやまさか殺害されたなど、不穏な事態を想像した。

捜査しているらしい』

「殺された可能性もあるってこと?」

なんだ、それ。信じられない。自分と同い年の、高校時代を共に過ごした男が急死したというだけでもショックなのに、ひょっとすると殺害されたかもしれないなんて、非日常的すぎて悪い夢を見ているようだ。

『今日これから加門のご両親と会う約束になっている。ご両親に聞けば、もう少し詳しい事情がわかるかもしれない』

「あ、ああ。尼子は加門と家が近所で、小学校のときから知ってるんだったな」

『小中高と一緒だった。高校を出てからはほとんど会ってなかったが、同窓生の中では、俺が一番尼子と親しかったかもしれない。昔、何度か家に泊まりに行ったこともあるし。加門のご両親も、俺のこと覚えてくださってた』

「ご両親、きっと気落ちされてるだろうな。加門、確か一人息子だったよね。加門を昔から知っている尼子がついていてあげるのはいいと思う」

『晶、おまえも来ないか。都合がつくなら』

「僕も?　でも、いいのか。僕はそこまで親しかったわけじゃないけど」

仕事のほうは具体的に締め切りがあるわけではないので、なんとでもなるが、楡崎はすぐにうんとは言えず迷った。加門恭久は今や名の通った俳優だ。いささか図々しいのではないかと躊躇《ちゅうちょ》する。

『一年のとき同じクラスだったろ。加門、おまえが大学在学中に馬酔木賞取ったの、本気ですごいって興奮してた。おまえが受賞した年にたまたま中学の同窓会があって、加門とその話で盛り上がったんだ。ご両親に、楡崎晶は高校の同窓生だ、と話したら感心していたって言ってたから、あちらもおまえの名前はご存知のはずだ。実は、最初からおまえを誘うつもりで連絡した』

「そうなのか。……わかった。じゃあ連れていってくれ。声掛けてくれて、ありがとう」

『なに。俺もおまえが来てくれたほうが助かる。正直、一人ではご両親とどう向き合えばいいか、心許《こころもと》なくてな』

車だから迎えに行くと言って尼子は電話を切った。

まだ頭が混乱していたが、冷たい水で顔を洗うと、気持ちが少し落ち着いた。

あの加門が、もうこの世にいないとは。

楡崎自身は加門とそれほど親しくしていたわけではなかったが、最近の活躍ぶりは同窓生として誇らしかったし、心の中で応援してもいた。一年の頃から演劇部で熱心に芝居に取り組んでいて、二年のときには文化祭で主役を演じた。一人だけ抜きん出た存在感を醸し出しており、レベルが違うと感嘆したのを、昨日のことのように覚えている。卒業後は演劇研究所に入り、[illegible]付属の劇団の団員になったと聞いていた。そこでの活躍が著名なプロデュブレイクしたのだ。

「四月から始まるドラマにも、レギュラーで出ることになっていたのに、いったい何があったんだろうな」

尼子も朝のニュースで知ったばかりで、寝耳に水だったようだ。

九時に尼子が車で迎えにくるまでの間に、楡崎もインターネットで検索したが、どこのニュースサイトを見ても、尼子からすでに聞いた以上の情報は上がっていなかった。現段階で公表できる事柄はあまりないのだろう。

「ご両親とはどこで会うことになってるんだ?」

「都内のホテルだ。ご自宅は昔の俺の実家の近くだが、そっちには報道陣が押しかけるだろうから、しばらくホテルにいるそうだ。昨晩《ゆうべ》、現場検証が終わったあとの加門の部屋にも行ったそうだが、そこも報道陣だらけで大変だったらしい」

遺体は昨日のうちに解剖に回されたとも聞き、楡崎はこれから初めて顔を合わせるご両親の心中を思ってやりきれない気分になった。これは確かに、尼子一人では荷が重かっただろう。

「悠真には、このこと話したのか」

ふと気になって聞いてみる。

尼子は四ヶ月ほど前から、谷崎《たにざき》悠真という、大学で知り合った同窓生と一緒に暮らしている。尼子と谷崎と楡崎の三人でよく行動していた。在学中に文壇デビューした楡崎は、今後も作家としてやっていく気満々だったので就職はしなかったが、二人はそれぞれ行きたい企業があって、共に就職活動に励んでおり、どうやらそのあたりから関係が深まっていったらしい。昨年秋に、実は、と同棲《どうせい》することを打ち明けられ、楡崎は祝福すると同時に、自分一人置いて行かれたような寂しさを感じた。だが、今は、楡崎にも椋梨という恋人ができ、前よりいっそう尼子たちの関係性を思いやれるようになった気がする。

「ああ。加門が同窓生だったことも、今日おまえと一緒にご両親と会うことも、話してある」

「びっくりしてなかったか」

「こんなとき、どう言えばいいかわからない、と難しい顔をしていた」

「おまえのことを心配してるんだ。あいつ、優しいから」

本当は、おまえを愛しているから、と言いたかったが、楡崎自身が気恥ずかしくなりそうだったので、優しいからと言うにとどめた。

ふっと微《かす》かに綻《ほころ》んだ尼子の横顔が、楡崎の心境を汲《く》み取ってくれているのを語っていた。

それを見て楡崎は、椋梨は今どうしているのかと思いを馳《は》せた。椋梨はテレビ業界の人間だから、むろん加門のニュースは耳に入れているだろう。大河ドラマを制作したのは椋梨がいる局だ。なんなら、一般に流れているより詳しい情報を持っているかもしれない。事と次第によっては差し支えない範囲で教えてもらうことも考えた。

尼子が到着した旨を電話で直接伝えると、ロビーでは人目が気になって話しづらいので、上がってきてくださいと言われ、部屋に伺うことになった。

「このたびはご愁傷さまでした」

「わざわざご足労いただいてすみません。お二人とも、ありがとうございます」

加門の両親は、精神的にも肉体的にも憔悴《しょうすい》した様子だったが、口調と態度は落ち着いており、しっかりしていた。

「恭久の死因は、頭部を強打して脳挫傷を起こしたことによるそうです。当初は、部屋に争った形跡もなければ、凶器と思しきものも見当たらず、事故の可能性が高いと聞かされていたのですが、その後、別の事件が発覚し、そちらと恭久の件が関係していることが判明したと見解を変えてきました。事故ではなく、殺害された疑いが濃厚だと」

加門に似た顔立ちと体格をした、実直そうな父親が、抑え気味の声で話してくれる。低く静かだが、滑舌がよくて聞き取りやすかった。

母親のほうは、泣き腫らした目が痛々しく、心ここに在らずという印象で、夫の横で俯《うつむ》いたままだ。将来を楽しみにしていたであろう一人息子の死を受け止めきれずにいるらしい。穏やかでおとなしそうな、有り体に言うと地味な感じの人だった。

「殺害、ですか」

尼子が慎重な口振りで繰り返す。

殺害という言葉の不穏さに背筋がざわつく。別の事件というのも気になった。

「これはまだ報道されていないんですが、実は、昨晩、恭久が所属していた劇団で事務や裏方の仕事をしていた山名《やまな》という女性が自殺していたことがわかりました。午後から出勤予定のはずが来なくて、連絡も取れないので、住んでいるアパートに劇団関係者が行ってみたら、風呂で手首を切って失血死していたそうです。状況から考えて恭久の件と無関係とは考えにくく、おそらくその女性が恭久を手にかけたのではないかと警察は見ているようです」

「遺書かなにかあったんですか」

父親とのやりとりは尼子がする。

楡崎は尼子の後ろで聞き役に徹し、同様に夫の陰に隠れるようにひっそりと控えている夫人の様子を、見るともなしに見ていた。

全体的には父親のほうが加門と似ていると思ったが、ちょっと垂れ気味の目や、柔らかく包み込むような雰囲気は母親譲りのようだ。

きっと優しくて温かいお母さんだったんだろう。好きなことをとことんやり遂げられるよう応援してくれてもいたのだろう。加門はきっとこの人に大いに励まされ、喜んでほしいと努力していたに違いない。本人を前にして、加門の気持ちを思い、想像を巡らせる。

楡崎には、生きていたときの母の記憶がほぼなく、母親というのがどういうものなのか実感がないのだが、生きてずっと傍《そば》にいてくれたなら、やはりこんな感じでホッとしたり勇していた自分の母のことも考えた。

楡崎に残されたのは、父から聞く母の思い出と、母が好きだったという品々だ。中でもアンティークのティーセットは格別に気に入って大事にしていたそうで、それでお茶を飲むと、母がテーブルの向かいに座ってくれているように感じることがたびたびある。

帰ったら、神内にあのティーセットでお茶を頼みたい。そんな気持ちになってきた。

「遺書らしきものは、あったようです」

渋く、耳朶《じだ》に響くような父親の声に、現実に引き戻される。

「見せてもらってはいませんが、恭久と口論になって、弾みで死なせてしまった、という意味のことを書いた紙が発見されたようでした。あと、女性の部屋のスチール棚の角に血液が付着していて、恭久の頭にちょうどそんな感じの場所で後頭部を強打した痕跡があるそうです。恭久は突き飛ばされた弾みに背中から倒れ、頭を打って仮死状態になったのだろうと言われました」

そのとき加門は意識をなくしただけだったのだが、動転した女性はてっきり死なせてしまったと思い込み、自身もまた後を追って自死した、というのが事件のあらましではないかと警察は見ているらしい。

その後意識を取り戻した加門は女性が死んでいるのを見て仰天しただろう。もしくは、意識が朦朧《もうろう》としていてどこまで現実か把握できていなかった可能性もある。ひとまず自分の部屋に帰り、そこで頭に受けた傷が原因で今度は本当に亡くなってしまった——そういう経緯だったのではないかと考えられる。

二人は加門がメジャーになる前から密《ひそ》かに交際していたようだ。山名の部屋に加門が出入りする姿を近所の住民が見かけていて、すでに裏が取れているという。三年ほど前からで、当初は加門の面が割れていなかったため、そこまで隠す感じではなかったが、ブレイクしてからはめったに見なくなったそうだ。まだ交際が続いていたかどうかも怪しく、口論になったというのも、どちらかが心変わりして別れ話を切り出したからではないかと考えられる。この場合、加門が山名と別れたがったというのが妥当な線だろう。

「辻褄《つじつま》は合っている。でも、ちょっと俺には信じ難いな」

あまり長居しては悪いので三十分ほどでお暇《いとま》し、二人になったところで、尼子は納得していない顔つきで言った。

「俺が知る限り加門は不器用なくらい真面目で、情の濃い誠実なやつだった。警察はどうやら加門が売れだして付き合う層が華やかになったから心変わりしたんだろうって読みたいだが、あいつはそういう性格じゃない気がする。軽い気持ちで交際するなんて自分には無理だと言っていたし、実際、学生時代はそれで二人断っていた。断り方一つ取っても、相手の気持ちを傷つけないよう細やかに気を配るんだ。山名さんと付き合っていたというのが事実なら、それはそんなフットワークの軽さはまったく感じられないね。芝居に打ち込む姿勢を見ても、これと決めたら一つのことを突き詰めるタイプに思える。別れ話の縺《もつ》れから相手を逆上させたんだとすれば、よほど深い理由があって別れるしかなかったとか、何か事情がありそうだ」

楡崎もそこは尼子と同じ感触を持っていた。

「ご両親が貸してくれた恭久のノート……」

尼子は、助手席の楡崎が膝に乗せている厚さ二センチほどもある日記帳のようなノートに視線をくれる。

「ああ、これ、ご両親からの高校の入学祝いだったんだってね。つい部屋から持ち出してきたけど読む勇気がないとおっしゃっていた」

それなら、よかったら自分たちが、と尼子が申し出て、借りてきたのだ。

「ざっと捲《めく》った感じ、自分が手がけた脚本の構想とか、演技プランとか、とにかく芝居に関することばっかりみたいだが、作家のおまえが読んだら、何か俺たちが気づかない発見があるかもしれない」

「どうだろう。でも、せっかくだから最初から目を通してみるよ」

この分厚い革張りのノートを、加門は高校時代から十年以上使い続けていたと聞き、手にすると実際の重さ以上にずしっとして感じられ、無碍《むげ》にできないと思った。ノートに加門の思いが染み込んでいるようで、迂闊《うかつ》に開いて読みだすと、引きずられそうな気がする。

「帰宅して、腰を据えて最初から読む。今晩中には全部読み終えられるだろうから、もし何か事件のヒントになりそうなことが書かれていたら、明日連絡する」

「そうしてもらえると助かる。ありがとう、晶」

「憲俊は午後から出社するんだろ。駅で降ろしてくれたら電車で帰るよ」

「こっちから誘って来てもらったのに、気を遣わせて悪いな」

「ここはフリーランスの僕に任せろ」

楡崎は駅のロータリーで尼子と別れ、ホームで電車を待つ間に、椋梨にＳＮＳでメッセージを送った。

『今朝、死亡したとニュースで伝えられた俳優の加門恭久、高校の同窓生。びっくりした。僕より彼をよく知っていた友人と、ご両親に会いに行ってきた。今その帰り』

三分ほどして既読が付く。

ちょうど電車が来たので、返事は移動しながら読んだ。

『加門恭久のプロフィールを見て、きみと同じ高校だったことに気づき、知り合いなのかと聞こうと思ったところだった。うちも大河をはじめ、トーク番組や、舞台の裏側に密着する企画でお世話になった。ご冥福をお祈りする。きみは大丈夫か。何かあったら遠慮せず電話なりメ

[illegible]た。楡崎も心配されて悪い気はしない。大事にしてもらっているのが伝わってきて、ついにやけてしまう。

『僕は平気。今日はこれからずっと家にいる。昨日の今日だけど、こんな大事件が起きたから一斗と話がしたいかも。仕事終わったらちょっとだけ電話していい？』

『わかった。七時ごろになると思うが、こちらからかける』

椋梨からのメッセージを読んで、楡崎は『了解』というスタンプを送った。今夜話さなくても、明日の夜には一緒に食事をする約束をしているのに、と自分で自分にツッコミを入れる。

そうは言っても、これが恋人同士というものだろう。

加門と山名はどうだったのか。最後はなぜこんなことになってしまったのか。

電車に揺られつつ思いを馳せた。

＊

加門が残したノートを集中してじっくりと読みたかったので、夕食は早めに済ませた。

六時過ぎには書斎に籠り、神内にお茶を用意してもらって、ページを捲り始めた。

内容は、印象に残る出来事だったり、学校行事だったりを日記ふうに記録している部分もあれば、創作ノート的に書き散らしたところもあり、といった感じだ。記事単位で必ず日付が記されており、一番古いものは高校一年の四月だった。楡崎が加門と同じクラスだったときのことが、加門の視点で書いてあり、そうそう、そんなこともあった、ああ、そんなやついたいた、などと懐かしく思い出す。

読み始めに楡崎にも覚えのある話題が多かったのと、加門の文章がわかりやすくて読むのが苦にならなかったためか、気がつくとすんなり加門の過去が綴《つづ》られた世界に入り込んでいた。

さすが脚本も手がけていただけのことはある。多才な男だったんだな、と惜しむ気持ちがあらためて湧く。自分なんかよりよほど文才があったのでは、と思う瞬間もあったが、今はそんなことを考えて落ち込んでいる場合じゃないと、すぐに気持ちを切り替えた。

高校での三年間は、一年の後半からほぼ演劇部に関する記述になる。基本的に自分以外の人間について、ああだこうだと推し量ったり、好悪をあからさまにしたり、といった描写はなく、恋愛感情の匂わせや吐露などもいっさいなかった。

その傾向は、演劇研究所に入所してからも続き、もはやノートはほぼ芝居に関することだけで埋め尽くされていたのだが、三年前、山名明穂《あきほ》という女性が事務兼裏方として劇団の一員になってから、がらっとノートの雰囲気が一変していた。

そもそも、『山名明穂さん』『二十六歳』『本日入団』といった単語が、罫線などない白い紙にどこか上の空で書き留めた印象を受けるよろめいた字で記してあることが、これまでと違う。

[illegible]しっかり刻みつけられているような、そんな気さえした。

いたんだ　とまざまざとわかり、他人事ながらじわっと顔が上気してきた。

なまじっかな恋愛小説よりも生々しい。字だけなのに。こんなことがあっていいのか。なんだこれ、と頬を赤らめたまま読み進める。

加門が山名と出会ったのは二十四のとき。大河に出演したのが翌年なので、まさに環境が一変する前の年だ。山名は俳優ではないため、劇団のホームページを見ても顔は出ていない。だが、加門の日記がわりのメモにちらりちらりと覗く描写を読み重ねるにつれ、おそらくこんな感じだったのだろうと想像が固まっていった。

事細かに描写をしなくても、言葉の選び方から伝わってくるものの雄弁さに、楡崎は圧倒されそうだった。むしろ具体的に書かないからこそ言外のニュアンスを嗅ぎ取ろうとして、深みが増すのかもしれない。

関係者も含む団員間の色恋沙汰は非推奨。禁止ではないが、上層部からはマイナス評価を受け、最悪干されたり退団に追い込まれたりするケースも過去にあったらしく、加門は自分の将来のためというより、山名を失職させないために団員の手前は交際を秘密にしていたと思われる。会うのはどちらかの部屋でか、もしくは遠く離れた街まで出掛けてだったことが、短い書き付けから推し量れた。そうした努力の甲斐《かい》あって、今回のことがあるまで、二人の仲は劇団関係者の誰にも気づかれていなかったようだ。

加門が大河に出演し、徐々に人気に火が付き出して、ついにブレイクしていく過程も淡々としたその日あった出来事のメモ書きから読み取れる。仕事が忙しく、デートも思うようにできなくなっていったが、二人の間には確固とした信頼関係が築かれていて、喧嘩になったり、拗《す》ねて相手を困らせたりすることもなく、良好な関係が続いていた様子だ。

昨年末までは、あんな痛ましい事件が起きそうな前触れは感じ取れなかった。

何かがあったらしいと雲行きの怪しさを感じだしたのは、年が明けて少ししてからだ。明穂は何も変わらないと苦しそうにのたくった字で何度も書かれている。加門が何かに気づいて、もしくは、疑惑を抱いて、一人で懊悩《おうのう》しているのが察せられる。

きっかけはなんだったのか。

楡崎は繰り返しそのあたりの日々の記録を読み直した。けれど、この頃は加門が猛烈に忙しかった時期で、ほぼ仕事の予定しか書かれていない。局のお偉方や、著名な演出家、脚本家、同業の俳優たち、錚々《そうそう》たる面々の名前が連なっている。中に、椋梨の名前もあって、楡崎はドキッとした。予想はしていても、実際に椋梨も加門と会ったことがあるのだとわかると、訳もなく心臓が鼓動を速めた。単に楡崎が意識しすぎなだけで、全然意味はないと承知している。

この中の誰かに何か言われて、今まで知らなかった事実を知った……そう考えるのが妥当な気がする。けれど、可能性のありそうな人物が多すぎる上、加門は具体的な言葉は何一つ書い[illegible]ないので、推測のしようがなかった。

加門の疑惑と苦しみは日が経つごとに強まっていき、もはや別れるしかない、他に道はない、と悲愴《ひそう》な感情が乱れた字に溢《あふ》れていることが増えた。

ものすごい感情の嵐だ。うねりを感じる。

これは、まずい。入り込み過ぎたら、また十一月のときのような摩訶不思議な事態に巻き込まれる。あのときは何もわかっておらず、いつの間にか寝入ってしまい、次に目を覚ましたら過去だった。だからてっきり夢を見ているのだと思っていた。だが、今回は違う。

そうか。意識がはっきりしているときにあの状態に見舞われたら、こんな感覚に襲われるのか。これはちょっと……強烈だ。

おそらく、他人の感情にシンクロし、潮に引っ張られるようにして時間を超えてしまう力が、いまだ消えずに残っているのだ。

過去に飛ぶには触媒が必要、と椋梨はロイドから聞かされたと言っていた。

触媒――これだ。加門が十年間肌身離さず持ち続け、悲喜こもごもを綴ってきた、言ってみれば血が通ったようなノート。

グッッッ、と強い力で魂を引っ張られた気がする。

待ってくれ、と楡崎は必死に抵抗した。

代わりに行けというなら、行くのはかまわない。けれど、どこで何をすればいいのか皆目見当もつかない状況では、行っても意味がない。最悪、榆崎が戻って来られなくなる。目的は。何が知りたい。何をはっきりさせたい。先にそのヒントをくれ。

そのとき、風もないのにノートのページが数枚捲れた。

『加門琢磨《たくま》』父親の名前が唐突に書かれていた箇所だ。横に『二十五』という数字。しかし、どちらも二重線で消してある。だから榆崎は単に手癖か何かで書いた無意味なものだろうと思って気に留めなかった。

父親の過去を調べろということだろうか。

次の瞬間、とても嫌な感覚に襲われた。背筋を、大錦蛇がぬるぬると這《は》い上がってくるような気色の悪さだ。

「うわああっ」

思わず叫んで、固く目を瞑《つむ》る。反射的にそうしていた。

意識がすうっと薄れていく。

体を置いて魂だけ過去に引き込まれる感じだ。

遠くでスマートフォンの着信音が鳴りだしたが、体はもう動かせない。きっと椋梨だ。仕事が終わったら電話をくれる約束になっていたことを思い出す。タイミングが悪かったが、仕方がない。

[illegible]は、[illegible]、うたた寝状態になっている。戻ってくれば、本来の世界では

[illegible]分眠っていただけという状況で、辻褄が合うはずだ。

前回は椋梨のサポートがあって無事戻れたが、今回は自分一人だ。心許ない。だが、こうなったら、やるしかない。

加門の父親が二十五というと、何年前になるのだろうか。父親の年齢までは把握していなかったので、そこからしてわからない。おそらく三十年近く前ではないかと思う。楡崎が生まれる前だ。過去の自分と同時に存在していいのかどうか不安だったが、生まれる前ならば、そこは悩まなくてよさそうだ。

今回も、うたた寝していても奇異に思われないシチュエーションになりますように。

それが楡崎が意識を手放す直前に祈ったことだった。

＊

出ない。

椋梨は十回以上呼び出し音を鳴らし続けたあと、諦めて電話を切り、ふむ、と考え込んだ。

虫の知らせとでも言うべきだろうか。なんとなく、このまま放っておかずに、楡崎の状況を確かめたほうがいい気がした。

腕時計を見る。午後七時過ぎ。今から楡崎邸に行くとなると、着くのは八時頃だ。執事がいるような旧家に、約束もなしにお邪魔するにはいささか非常識な時間だが、ゾワゾワした感じがして居ても立ってもいられない。この際、潔く胡乱《うろん》な眼差《まなざ》しを向けられることを選ぼう。

もっとも、楡崎家の執事神内氏は、この程度のことで動じたり、嫌な顔をしたりするほど狭量ではないとも思っている。

実際、その通りだった。

「ご主人様は二階の書斎においでです。今夜は読書をするのでかまわないでくれと仰せでしたが、椋梨様ならお通ししても問題ないかと存じますので、どうぞ、お入りください」

「ありがとう。急に申し訳ない」

椋梨は靴のままエントランスホールから伸びた優美な大階段を上っていき、北側に面した奥の一間を控えめにノックした。

返事はない。

だが、その可能性も織り込み済みだったので、迷わずにドアを開けた。

壁一面を重厚な書棚で埋め尽くされ、床にはノーブルな深紅の絨毯《じゅうたん》、据えられた家具はすべてアンティーク、セントラルヒーティングに加えて本物の暖炉のある書斎が目に入る。部屋の端にマホガニー製の両袖机が存在感たっぷりに置いてあり、楡崎の姿はそこに見つけられた。読み物か書き物かしている途中で寝入ったような姿勢。傍らには美しいアンティークのティーカップ。紅茶が半分ほど残っている。

近づいて、低めた声でそっと名を呼んでみる。

楡崎はピクリとも反応しない。

やはりか。椋梨はすぐに事態を飲み込んだ。引っ張られたな。状況を見れば一目瞭然だ。

さて、どうするか。

飛んだ先がわかれば、椋梨は楡崎よりタイムスリップに慣れているので、追いかける自信はある。本当はもう二度と過去に飛ぶ気はなかったが、楡崎が引っ張られて飛ばされてしまったとなれば、このまま手をこまねいてはいられない。

何が目的にせよ、一人より二人のほうが、楡崎を連れていった人物の願いを叶《かな》えやすいだろう。問題は触媒だが、目の前に開かれた分厚い、古びたノートがそれに違いない。

楡崎が片頬を押し付けているページに、意思が宿った痕跡が窺《うかが》える文字がある。二重線で一度は消された、曰《いわ》くありげな、人の名前と年齢。

椋梨は楡崎の形のいい鼻先にあるその字を、人差し指でつっと辿《たど》った。

指先を通って強い思念が頭の中になだれ込んでくる。

なるほど。わかった。私も行こう。

連れていけ。

そう念じて、静かに目を閉じた次の瞬間、脳内がハレーションを起こしたかのごとく真っ白になって消し飛んだ。

体から意識が抜けていく。時空を飛ぶのは一瞬だ。

過去の世界に、己の存在が構築され、魂が再び肉体を保持した感触があった。こればかりは何度やっても慣れない。量子レベルに分裂した細胞が、時空の網目をすり抜けて、再び元の形を取るような感覚で、お世辞にも気分がいいとは言い難い。

閉じたとき同様、静かに目を開く。

そこは、前回の十九世紀ロンドンと比べれば、ほぼ現在の生活と差異のない、見慣れた世界だった。


小さなエレベータに一人で乗っている。

階表示を見れば居酒屋やバーなどが入った八階建てのビルのようだ。停止リクエストされているのは六階の【キュラソー】というバーらしき店だった。カリグラフィで綴られた洒落《しゃれ》た文字の横に、カクテルグラスが小さく描かれている。

エレベータが停《と》まってドアが開く。

仕事帰りだった椋梨は、テレビ業界人らしさをそこはかとなく感じさせる、アイボリーのスーツだ。

店内に足を踏み入れた途端、近くのテーブル席にいたカップルの女性から秋波を送られた。連れの男性がムッとする。

だが、椋梨の目は彼らを一瞥《いちべつ》しただけで、すでに他に向いていた。

隅の暗がりに溶け込むように置かれた席で、テーブルに突っ伏して寝ている男性がいる。誰も彼を気に留めている様子はない。

椋梨はそちらに真っ直《ます》ぐ歩いていった。

2

晶、と呼ばれた気がして、楡崎はピクリと指を動かした。

薄暗い場所がまず目に入る。頬を天板に押し付け、テーブルに突っ伏して寝ていることに気がつき、慌てて頭を上げた。

「うわっ、一斗っ?」

対面に椋梨が座っているのを見て、楡崎は驚愕《きょうがく》した。

「えっ、嘘……どうして?」

前回、目覚めたら十九世紀のイギリスで、列車で寝ていたところを車掌に揺り起こされたときは夢を見ているのだと思ったが、今回はタイムスリップした自覚がある。記憶もはっきりしていた。なのに、どうして三十年前に遡った先に椋梨がいるのか。

「今、西暦何年?　ていうか、あなた、僕が知ってる椋梨一斗?」

椋梨は小さく笑い、頷《うなず》く。

「電話したけど出なかっただろう。気になって様子を見に行って、きみがこの時代に飛んだことがその場の状況からわかった。一人で大丈夫かと心配で、私も来た。迷惑だったか」

WEBマガジン キャラット
Char@
表紙イラスト◆75（ナコ） VOL.57
「eBookJapan」「Renta!」「honto」他にて
絶賛配信中!!
定価：300円+税
椎名秋乃
「鬼教官がハンコをくれません!」
不破慎理
「あくまで運命なので」
月刊コミックス
外編
75（ナコ）
『うそつきリップ』
果桃なばこ
「パパと父の恋くらし」
上下巻2冊同時発
マミタ
［ギンモクセイの仕立て屋（
祖父が遺した仕立て屋「ギンモクセイ」を継いだ生吹《うぶき》。経営に苦戦し
日、灯生《てお》と名乗るイケメンが店を訪ねてきた!! 久々の客に舞い上がる
で店のダメ出しをされてしまう。そればかりか、「俺を雇え、お前をプロ
●好評既刊「となりのメタラーさん」他
末散ソノオ
名家の子息×絵本作家の童話のようなピュアラブ♥
うしようもない僕の運命の恋］
どれだけ厳しく扱かれても、恋する男のハートは強い!?
かつらぎ
年下の忠犬系バイトくん×敏腕若手社長♥
［恋する犬はよく転ぶ］
名前も素性も知らない青年と、二人きりで海辺の逃避行——
［行き先は、楽園。

Charaレーベルの電子書籍

3月の新規配信情報

◆マークは今回のためのかき下ろしつき!!

Charaコミックス

◆サガミワカ
「黒い聖者は甘く囁く」

◆楢崎壮太
「守護ニマル ヒナ&耕一編」

キャラ文庫

海野 幸
「魔王様の清らかなおつき合い」

◆小中大豆
「気難しい王子に捧げる寓話」

夜光 花
「君と過ごす春夏秋冬
不浄の回廊番外編集」

運命の荒波に翻弄される
ラブ・ファンタジー第2巻!!

六青みつ

[鳴けない小

〜再

国を追放さ
ル。窮地の
われるが、
記憶を失っ
ラウスは、
●好評既刊[鳴

夜光 花

イラスト✦小山田あみ

★このイラストはカバーと異なります

番外編が話題沸騰!!
人気シリーズ待望の最新刊★

[不浄の回廊3(仮)]

霊能力を磨く修行から、
ついに帰還した歩だけど…!?

獣人からの寵愛を受ける
エロティック・ラブロマンス♥

子を孕める「月人」が種の存続の
ために獣人王と子作り!?

[孕む

傲岸不遜な元メートル×
自分に自信のない仕立て屋の、

っていたある
上から目線
宣言され!?

Charaコミックス 3/25(金)発売！

●基本定価：660円（税込）／B6判　●本屋さんで注文すると確実に手に入るよ。

楢崎壮太
［守護ニマル　ヒナ&耕一編］

大学生の陽大《ひなた》は、守護ニマルと会話ができる「チャネル」という特異体質。ある日、悪ニマルを祓ったことで出会った同級生の耕一《こういち》に一目惚れ！　勢いで同居生活がスタートしたけれど…!?

●好評既刊「守護ニマル②」他

Charaコミックス 4/25(月)発売！

●基本定価：660円（税込）／B6判

秋葉東子

恋心に気付かれたらヤバイ!!
幼馴染みのペルソナLOVE♥

［俺の愛には気づくまい］

オネエ系イケメン男子×
漢気系キュート男子の両片思い♥

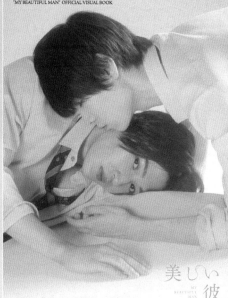

L読みきり小説誌
[キャラ]
Chara
キャラ1月号増刊
5月&11月22日発売
予価：770円（税込）
vol.46
5/20(金)
発売!!
キャラ文庫
創刊25周年目前♥
新作読み切り&
番外編が充実♥！
華藤えれな
神香うらら
中原一也
宮緒 葵
稲月しん
初登場
…and more！
表紙イラスト
英田サキ
CUT◆高階 佑
[DEADLOCK]番外編
読者が選ぶ
ワンシーンをまんが化♥
[ココだけCOMICフォーカス!!]
エッセイ
[ハート・オープンカフェ]

「運命だなんて、まさか」

むしろ椋梨が一緒なら心強い。願ったり叶ったりだ。嬉しさと安堵《あんど》で頬が緩む。

「僕は自分の意志というより加門恭久の強い思念に引き寄せられてこの時代に来た感じだけど、一斗は僕がここに飛んだとよくわかったね」

「ノートに持ち主の思いの籠った書き込みがあった。加門琢磨というのは、加門恭久の父親の名前だな。さしずめ、このバーは彼の行きつけの店なのかな」

「タイムスリップした先って、やっぱり、これから会おうとする人に何か関係がある場所になるの？」

「そのようだ。縁もゆかりもないところにいきなり放り出されたことはない」

確かに、最初のときも、その後訪れることになるルートンを通る路線の列車に乗っていた。

ひょっとするとこの店に琢磨がいるのかもしれない。

店内をぐるっと見渡す。そこそこ広い店だった。アメリカンパブ風で、流れている音楽はマライア・キャリー。『エモーションズ』だと椋梨が教えてくれた。コンサートでもよく歌われる有名な曲らしい。どうりで聞き覚えがあるはずだ。

客のファッション傾向から推察するに、年齢層高めの渋谷《しぶや》の店、という感じだろうか。客の入りは多過ぎず少な過ぎずでちょうどいい。大きな声で騒いでいる者はおらず、雰囲気のいい洒落た店だと思う。

高校時代に一年間だけクラスメートだった恭久の性格や興味の対象については、なんとなく察しがつくが、今朝初めて顔を合わせた父親のことはほとんど知らない。楡崎は最初に挨拶を交わしただけで、あとはずっと尼子に任せていたので、自分では話してもいない。ましてや若かりし頃どういう人物だったのかなど想像もつかず、見ても、この人が琢磨さんだと確信が持てるかどうか怪しかった。

照明も暗いし、と人探しの難しさを感じて眉間に皺《しわ》を寄せていると、椋梨がやおら椅子を引いて立ち上がった。

「とりあえず何か注文してこよう。何を飲む？」

「あ、じゃあ、ハイボール」

「わかった。きみはここにいてくれ。ついでに店内を見渡してくる」

「ありがとう」

三人のバーテンダーが客の注文を捌《さば》いているカウンターに、わざと遠回りしてフロアを横切っていく椋梨の背中を見送る。

五分ほどして椋梨は戻ってきた。飲みものはフロアスタッフがテーブルまで持ってきてくれるらしい。

「カウンターでできるのを待っていてもよかったんだが、気になる人物を見つけたので、先にきみに知らせたくてね」

きょろきょろと視線を動かす楡崎に、椋梨は「あそこ」と親指を軽く反らせてカウンターの端を示す。

「もしかして、あのバーテンダー？」

「加門恭久に似ている。いや、順番的には、恭久が彼に似ているんだが」

「言われてみれば、確かに」

もし恭久がここにいるとすれば、客の中に紛れているのだとばかり思っていて、バーテンダーにはあまり注目していなかった。

「他の客と喋っている声も聞いた。似ていたよ。骨格が似ていると声も似る。ネームプレートは付けていないから確認はできていないが、間違いないと思う」

「そうだね。僕も彼が琢磨だと思う。鼻の形がそっくりだ。口元も。歳《とし》を取らせたら、今朝僕が会ってきたあのお父さんになる」

恭久は取り立てて顔立ちが整っているわけではない。身長は百七十ちょっとだし、痩せても太ってもおらず、スタイルも普通だ。教室に座っていると、地味で目立たないくらいだった。芝居をしているときは別人のように印象が変わるが、普段はこれといって特徴のない男にしか見えず、まさに、あそこでシェイカーを振っているバーテンダーのような感じだ。

「でも、恭久は若い頃のお父さんに関して、何をあれほど気にしていたんだろう。あの苦悩の念は只事じゃなかった。僕は人よりちょっとだけ、物に込められた思念なんかを受け取りやすいようだけど、あの重圧感は今まで感じたものの比じゃないほどすごかったよ。無念の死を遂げたせいで執着が強まったのかな」

「例のノート、私は開いてあったページしか見ていないが、手をかざした瞬間、持ち主の残した念が頭に流れてきた。昔から、ときどきあるんだ。たいていは映像化されていて、ストーリーが見えることもあれば、カットだけバラバラに飛び込んでくることもある。思念が弱いとぼやけるが、強過ぎてもだめだ。ハレーションを起こしたような感じになって絵は見えない。今回の場合もそれだった」

だが、と椋梨は慎重な口調で続ける。

「父親が二十五歳のとき何かがあった。それを加門恭久は、信じたくないと足掻《あが》きながらも、頭から否定することもできず、自分自身で調べて事実関係を明らかにするつもりだった。ところが、恋人との間で不運なアクシデントが起き、真実を追求したくても叶わないまま亡くなってしまった。その無念は、読み取れた。本人がいない今、昔のことを調べてもどうなるものでもないかもしれないが、思念に感応しやすく、過去に飛ぶ感覚をまだ覚えていたきみが、たまたま形見のノートを読むという奇跡が重なったのには、何かしら意味があるのかもしれない」

「意味か……。よくわからないけど、恭久は僕に、自分がやり残したことをしてもらいたがっている気がする。だから、僕は豚磨さんについて調べてみるよ。どんな事実が出てきたとして

も、恭久は知りたかったんだと思う」

　フロアスタッフがハイボールとジントニックを持ってきてくれたので、いったん口を閉じ、グラスを軽く合わせて喉を潤した。

　人心地ついてから、再び話を戻す。

「一斗は、琢磨さんのことと、恭久が山名さんと別れるしかないと思い詰めた理由は、関係があると思ってる？」

「もちろん、あるだろう」

　椋梨は迷うそぶりもなく肯定する。

「ありがちな妄想を働かせるなら、恋人が父親とも関係を持っていると恭久が知って苦悩、みたいな筋書きになるのだろうが、さすがにそんな単純な話ではない気がする。山名は遺書にそれと匂わせるようなことはいっさい書いていなかっただろう。山名明穂が自殺したニュースは夜の報道番組で取り上げられることになっていて、気になったので報道フロアで遺書のコピーを見せてもらった。あの書き方からすると、山名は最後まで、なぜ恭久が突然心変わりしたのか理解できていないようだった」

「恭久は言えなかったんだろうな、どうしても」

　そして、それが父親の若かりし頃に関係のある話だとすると……。楡崎は脳裏に浮かんだ推測が頭を離れなくなった。あり得ないことではない。辻褄も合う。それでも、もう少し考えたこの場では言わずにおいた。

「私が見たところ、加門恭久はとてもシンプルな人間だった。人生の大半は芝居に捧《ささ》げていて、あと一つ何か熱を入れているものがあったとすれば、無名時代に一目惚《ひとめぼ》れに近い感じで好きになった山名だろう。彼は気が多いタイプではなかったと思う。共演者には魅力的な美男美女が何人もいたが、全然眼中にないようだった。山名以外を好きになったことはなかったんじゃないかな。その彼が、あるときから父親の過去が原因で苦悶《くもん》するほど悩みだし、二ヶ月後に理由も言わずに山名と突然別れようとした背景には、共通する要因があったと考えるほうが自然だ」

椋梨が整理してくれたおかげで思考がクリアになる。その上で、先ほど考えたことを頭の中で突き合わせてみて、齟齬《そご》がないのを確かめた。

「山名さんって恭久より二つ年上だったんだよね。僕と恭久は同い年だ。生まれたのは今いるこの年代から二年後」

「そうなるな」

椋梨は落ち着き払って相槌《あいづち》を打つ。

それを聞いて楡崎は、椋梨も自分と同じことを考えているのだと確信した。

目と目を合わせると、さらにその確信が強まった。

「真実を、確かめないと。それが僕をここに連れてきた依頼人の望みだとしたら、突き止めるまで元の世界に帰してくれなそう」

「私は半ば自分から煽《あお》って君の許に飛ばさせたようなものだが、戻るための条件はおそらく一緒だ」

「僕はてっきり、一斗は自由に行き来する方法を知っているのかと思っていた」

楡崎はわりと本気でそう思っていたのだが、椋梨は「まさか」と呆《あき》れた顔をする。

「人より少しだけ、こうした摩訶不思議になじみがあるだけだ。次こそ帰れなくなるかもしれないと、頭の片隅でヒヤヒヤしている。きみを最初に巻き込んだのは私だが、まさか二度目のトリップが私の与《あずか》り知らぬところで起きるとは思わなかった。想定外だ」

「僕も、よもやだよ。でも、今回が最後だから。そうそう何度もこんな奇天烈《きてれつ》な経験しないだろうし」

「そう願いたいね」

言い方はそっけないが、再び過去に二人で来たこと自体は、椋梨もまんざらでもなく思っているらしい。色素の薄いブラウンの瞳に、ほんのり喜色が滲んでいる。

「とりあえず、今夜はいったん引き揚げよう。琢磨はここで働いているとわかったんだから、不用意に焦って接触することもない。明晩出直して、カウンターに席を取れば、気軽に話し掛けられる。店が開くのが五時からだから、それまで周辺で聞き込みをするなどして情報を集め

[illegible]の制作プロデューサー。調査の仕方も堂に入っているね」

「からかわないでくれ」

「からかってない。惚れ直したんだよ」

楡崎がさらっと大胆なセリフを吐くと、いつもは冷静沈着な椋梨が、珍しくソワソワした素振りを見せ、面映《おもは》ゆげに睫毛《まつげ》を揺らす。こういう隙のある椋梨も楡崎は好きだ。今すぐ抱きついてキスしたくなる。

楡崎のそんなヨコシマな気持ちが伝わったのか、椋梨は窘るような眼差しを送ってきて、フッと色っぽく口元を緩ませた。

「ホテルに部屋を取ろう。何泊することになるかは今後の成り行き次第だが」

「ここで何日過ごそうと、戻ったら数分しか経っていないって、ほんと不思議だね」

「私たちは本来はここにいない蜃気楼《しんきろう》のようなものだ。歴史に干渉することがない範囲でしか行動できないし、どうやらそのためのセーフ装置が機能しているようだ」

「と言うと？」

楡崎は首を傾《かし》げる。セーフ装置が機能する、とはどういうことなのか、もう少し具体的に聞いておきたかった。

「たとえば、会うと未来が変わるかもしれない可能性を孕んだ相手とは、なぜか会えない。何度約束を取り付けても、どこかで邪魔が入る。そんな感じだ」

「へぇ。なら逆に安心していていいのかな」

「おそらく。会えた相手とは、この時代でどうにかなる可能性は、まぁ、ないと考えていい」

「そう言えば、この時代、僕はまだ生まれる前だけど、一斗は二歳くらいで、もう存在してるんだよね。小さい自分ともし会ったらどうする？」

「今、二歳の私は日本にいないから、可能性は限りなく低いだろうな」

椋梨は両親の仕事の関係でシアトルで生まれ、五歳までずっとそこで育ったという。

「なぁんだ。ちょっと残念。滅多にないシチュエーションにお目にかかれるんじゃ、と期待したのに」

そう言う楡崎自身、もしかすると二歳になる前に死に別れた母とばったり顔を合わせたら、果たして平静でいられるだろうか、と内心胸を騒がせている。母のほうは、まだ生まれていない楡崎を未来の息子だとわかるはずもないのだが、楡崎は母がまだ父と結婚する前の姿を写真で見て知っている。会えば一目でわかる自信があった。どこかで偶然会ったとしても、それで未来に影響が出るはずはなく、セーフ装置が働くことはないだろう。つまり、出くわす可能性はなきにしもあらずということだ。もしかしてと思うと、にわかに緊張してきた。ここに飛ばされる前、母の形見のティーカップでお茶を飲んでいた。そのため、想《おも》いが一段と強くなって[illegible]を考えてしまう。

外に出ていき、現金を調達してきてくれた。

この時代に流通している紙幣を手っ取り早く調達するため、椋梨は惜しげもなくアンティークの高級時計をブランド品買取店に渡したと言う。かなりレアな品だったらしく、当座の活動資金に十分なだけの額になったようだ。

「ごめん、今回は僕、何も役に立つもの身につけてなくて」

物が物だけに、何か特別な思い入れのある品だったのではないかと気を回すと、椋梨はふわりと屈託なく微笑《ほほえ》んだ。

「きみと過去に飛んで、一緒に行動するためなら、少しも惜しくない。安いくらいだ」

「だったらいいんだけど」

椋梨は常に楡崎の気持ちを汲んだ、思いやり深い発言をする。楡崎に負担をかけない言動をさらっとしてくれる。こんなところも好きだ。優しさが身に染みて、胸の奥がほっこりと温かくなる。

渋谷の街並みは楡崎が知っているものとはあちこち違っていて、時代の流れを否応もなく感じた。見慣れたタワー型ビルがほぼない。その一方で、変わらない建物や看板もある。

駅の近くに、手頃な価格帯の綺麗《きれい》なシティホテルがあったので、そこをひとまず五泊分押さえた。セミダブルサイズのベッドが置かれたシングルを同じ階に二部屋だ。この時代、男同士はまだそれほどポピュラーとは言い難い。行った先の時代で余計な波風を立てないこと。椋梨はそうしたことにも配慮する。

「今日はいろいろなことが起こりすぎて、きみは自分が思っている以上にきっと疲れているはずだ。今夜は風呂に入ってゆっくり寝たほうがいい」

本音は椋梨と一緒に、一つのベッドでくっつきあって寝たかったが、椋梨に本気で気遣われているのがわかったので、無碍にできなかった。

「わかった。そうする。ありがとう」

めちゃめちゃ残念だけど、と言い添えると、椋梨は目を細めて苦笑いし、廊下に人気《ひとけ》がないのを確かめて、部屋の前で楡崎の唇を奪いにきた。

僅かに湿った唇の粘膜同士が重なり合う。

淫靡《いんび》な感触に、全身の細胞がざわつくようだった。

「おやすみ」

唇を吸われただけの短いキスだったが、楡崎は酩酊《めいてい》したように頭をぼうっとさせ、余韻に体の芯を疼《うず》かせてしまっていた。

隣の部屋のドアを開ける椋梨に、やっぱり一緒に寝たい、と飛びつきたい衝動に駆られる。理性でそれを抑え込み、こちらを見ている椋梨に眼差しで促され、自分の部屋に入った。

椋梨の言うことは大抵正しい。

そのまま一度も目を覚ますことなく、朝までぐっすり眠った。

＊

「ここのモーニングビュッフェ美味《おい》しい。当たりだったね、このホテル」

「仕事柄出張が多いから、リーズナブルで快適な宿泊施設選びには結構鼻が利く。気に入ってもらえてなによりだ」

「ベッドの寝心地も申し分なかったよ。部屋は広くはないけど、清潔で水回りの設備も不足なかったし。うちも昔は蛇口こんなだったなぁって、ちょっと懐かしかった」

ホテル二階のレストランで、スクランブルエッグとハム、焼きたてのパン、グリーンサラダの朝食をとりながら、楡崎は部屋の感想を言った。レトロとまではいかないまでも、懐かしいと感じるところがちらほらあって、朝からちょっと気分が上がっていた。

基本的に楡崎は出不精で、自分の館で過ごすのが一番気に入っているのだが、これなら五日が一週間に延びても大丈夫だろう。大丈夫どころか、その間ずっと椋梨と一緒に過ごせるわけだから、願ったり叶ったりだ。

椋梨は穏やかな笑みを湛《たた》え、嬉々《きき》として喋る楡崎を優しい眼差しで見ている。

照れくささと嬉しさが混ざった気分だ。

十九世紀ロンドンでも、やはりこうして二人でホテルに泊まった。思えばあの頃から楡崎は椋梨に惹かれだしていた気がする。ほんの数ヶ月前のことだが、なんだかすでに五年も十年も前の出来事のようだ。

あまり旅行気分を丸出しにしては、椋梨に引かれてしまうかもしれない。

楡崎は少し気持ちを抑えようと、窓の外の景色に目を向けた。

「今日は一日天気がいいみたいで、活動しやすそう。こっちは桜がもう見頃なんだね」

窓際のテーブル席からは、ホテルの隣にある公園が望める。その敷地の一画に、薄いピンクの花弁を満開にした木が連なっており、眼福だった。三月は残すところ一週間。この年は開花がずいぶんと早かったようだ。

「えっと、それで、まずどこから手を付ける？」

横向けていた顔を戻し、椋梨を見て、本題に入る。

「そうだな。どうしようか」

椋梨は食後のコーヒーを飲みつつ応じる。なんとなく考えていることがありそうな様子だ。琢磨のことを調べると言っても、楡崎には取っ掛かりすら摑めていなかったが、椋梨に何か案があるなら、大船に乗った気持ちでいられる。

[illegible]の[illegible]、どの程度知ってる？　僕は恭久とそこまで親しくしていたわ

ないんだ　憲俊の幼馴染みで家が近所だってことくらい。タイムスリップすると予知していたら、憲俊にもっと詳しく聞いておいたのに」

「私は、加門恭久が劇団員として舞台に立っていた頃から、いい芝居をする役者だなと思って注目していた。彼に関する記事にはひととおり目を通しているつもりだ。家族についても、経歴を見る中でちょこちょこと出てきた。それ以外にも、知り合いに芸能リポーターをやっている女性がいて、彼女が例の大河ドラマの番宣を担当していたので、非公開の話をオフレコでちらと聞いている」

椋梨は楡崎が想像していた以上に加門家のことにも詳しかった。

「琢磨の実家は静岡《しずおか》でお茶の製造販売をしている旧家だ。琢磨は長男だが、家業は継がずに上京してサラリーマンとして働いていたそうで、恭久は東京《とうきょう》で生まれて五歳のとき横浜《よこはま》に引っ越している。きみの親友の尼子憲俊くんとは、それ以来の付き合いだったんだな」

「琢磨さんは元々は静岡の人なのか。じゃあ東京には大学進学を機に出てきたって感じ？」

ありそうなパターンを口にすると、やはりそれだったらしく、椋梨は頷いた。

「インタビューの中で、恭久は、演劇好きなのは父の影響だと話していた。子供の頃よく映画や舞台を観《み》に連れていってもらっていた、と。ひょっとすると琢磨が家業を継がなかったのは、そっちの世界に入りたかったからじゃないかと思ったんだが。ここでの琢磨はバーで働いているが、恭久の語る父親は、一般企業に勤めているごく普通のサラリーマンという印象だ。結婚前は、演劇関係の仕事に就いていて、だがそれだけでは生活できないから夜はアルバイトをしているのだとも考えられる」

「なるほど。僕たちがこの時代に飛ばされたのは、今が、琢磨が新しい生活を始める決意をする節目のときで、このとき何かがあったに違いないと恭久は考えたからかもしれないね。本当は自分でそれを調べたかった、確認したかったのかもしれないのに、不慮の死を迎えて叶わなくなったから、ノートに触れた僕が代わりを頼まれた。そんなところかな」

これから数日以内に琢磨の身に何かが起こる。そして、それが三十年後の恭久と明穂の不審な死を招く原因になった可能性がある。そう考えると、見届けるよう願いを託された責任を感じて、楡崎はぶるっと武者震いしていた。恭久の思いの強さがずしっと背中にのし掛かってくるようだ。

「本当は、ここに来るのは、僕じゃなくて憲俊のほうが適任だったのかも」

つい弱気になって漏らしたが、椋梨は即座に否定した。

「誰もがきみのように、いきなり過去に飛ばされても冷静に行動できるとは限らない。きみは作家で、イマジネーションが豊かだ。不思議な出来事と直面しても、慌てず騒がず夢だと思って次にすべきことを模索する度胸がある」

「そ、そうかな……」

[illegible]、楡崎は照れくささと嬉しさとで、どんな顔をすればいいか

「私までここに来たのは、きみが恭久の思念に引き寄せられて過去に連れて行かれたからだ。きみでなければ私は来なかった。来なかったというより、来られなかっただろう。恭久にとっても、一人が二人に増えたのは悪い状況ではなかったんじゃないか」

「確かに、それはそうかも」

そもそも憲俊は、楡崎などと比べると、かなり現実的で堅実な、いわゆるリア充というやつだ。簡単には過去に飛びそうにない気がする。おまけに、今回が三度目のタイムスリップになる椋梨は、憲俊とはまだ面識がなく、本人が言うとおり、憲俊を追って過去に飛ぶことはなかっただろう。そういう意味でも楡崎でよかったと言えそうだ。

「まぁ、要するに、すべては縁だ。私はそう考えている。この時代に招かれた未来の人間として、できることをするだけだ」

穏やかで淡々とした口調の中に、無念の死を遂げたであろう恭久の、最後の思いに応えたい心根が感じられ、楡崎も同じ気持ちになる。

「それで、考えたんだが。静岡の実家というのは調べたらすぐわかるはずだ。琢磨の中学か高校時代の同級生のふりをして電話をかけ、連絡を取りたいと言えば、今どこで何をしているかくらいは教えてくれるんじゃないかと思う。先ほどの推測が当たっているなら、所属先の劇団か研修所を聞き出して、そこに行ってみるのはどうだ」

「うん。いいね。賛成」

運がよければ、夜まで待たずに琢磨とそこで会えるかもしれない。話しかけるかどうかはその場の流れ次第だが、昼間の動向がわかれば情報は一気に増える。やらない手はなかった。

「琢磨は今、二十五歳だよね。それなら僕がかけたほうが年齢が近いからご両親に怪しまれにくいかもしれない。一斗の声、落ち着き払ってるから、電話だとよけい歳が行ってそうに聞こえるし」

「私も自分の声が愛想よく聞こえるとは思っていない。会ったことのない相手には特に、冷ややかというか、つっけんどんな印象を与えがちのようだ」

「ま、まぁね」

楡崎は遠慮がちに同意する。今では椋梨のそういうところも、彼らしいと微笑ましく受け止めているが、会う前に初めて電話をもらったときは、正直、感じの悪い人だ、と思った。

椋梨も、自分で言っただけあって、楡崎が否定しなくてもムッとせず、うっすらと苦笑を漏らしただけだった。

朝食を済ませると、近くの区立図書館に向かう。そこに全国の電話帳が置かれていると確認した上で閲覧しに行った。

「この時代、パソコンは一般に普及しているとは言い難かったんだね」

[illegible]頃だ。向こうが使い慣れているマシンとは全然違うし、あっ

「携帯電話も、だよね。あんまり使ってる人見かけない」

「端末がまだレンタル制だから、使っている層は限られていただろう」

「なんかいろいろ興味深い。……あ、こんなこと言ったら恭久に悪いよね」

楡崎は過去を実際に見て体験することに面白さを感じるのを禁じ得ず、本来の目的を遂げるだけではなく、わくわくしている自分が不謹慎なようで、少し後ろめたかった。

「べつに、いいんじゃないか」

図書館の正面玄関へと至る段差の緩い階段を、肩を並べて上っていた椋梨が、楡崎の背中をぽんと軽く叩《たた》く。

決して恭久を蔑《ないがし》ろにしているわけじゃない。椋梨には楡崎の気持ちがちゃんと伝わっていて、その上で励まされているのだと感じてホッとする。自分を理解し、受け止めてくれる人がいることが頼もしく、ありがたい。改めて噛み締める。

「……うん」

楡崎は気を取り直し、心の中でありがとうと椋梨に感謝する。

静岡の職業別電話帳でお茶の製造販売をしているところを見ていくと、『加門緑茶園』というストレートな法人名が載っていた。

楡崎が琢磨の元同級生を装い、心持ち声色と喋り方を若くして、電話する。

「あ、こんにちは。突然すみません。渡辺《わたなべ》と言います。琢磨くんの中学時代の同級生なんですが、今、いらっしゃいますか」

渡辺と名乗ったのは、県内の苗字《みょうじ》ランキングで鈴木《すずき》に次いで多いとなっていたからだ。

電話に出た、いかにも気のいいおばさまといった感じの女性は、まるで疑う様子もなく『あらまぁ』と申し訳なさそうな声を出し、あれこれ親切に教えてくれた。時代だな、と楡崎は思う。椋梨も、この当時は今ほど個人情報云々《うんぬん》と言われていなかったようだから、礼儀正しく感じのいい印象を与えれば、東京で何をしているかくらいは気やすく話してくれるだろうと言っていたが、まさしくだった。

そうですか、ありがとうございます、と丁寧に礼を言い、受話器をフックに掛け戻す。

「いろいろわかったよ。僕たちの推測、びっくりするほど当たってた」

「琢磨も役者を目指していたんだな。さすが親子だな。血は争えないということか」

先方と楡崎のやりとりを傍《はた》で見守っていた椋梨は、楡崎の応答の仕方から、だいたいの内容を摑んでいるようだった。

「都内の大学に合格したので上京させたら、サークル活動で演劇に夢中になったみたいで、卒業後も帰ってきてないって、おばさんこぼしてた。長男だから家業を継いでくれると期待して、せめて大学までは好きにさせてやろうと思ったのが徒《あだ》になったと悔しがってたよ。きっと、誰

ね。見ず知らずの自称同級生にそこまでぶっちゃけて大丈夫なん

[illegible]この[illegible]聞いてていいのか心配になったんだけど」

「引き気味で相槌打っているなと思っていた」

椋梨は複雑そうな顔つきで苦笑する。情報を得られるのは嬉しいが、と微妙な気持ちになったのは椋梨も同様のようだ。

「でも、きっと近々帰ってくるだろうと言ってたよ。芸能界でやっていけるほど才能があるとは思えないって、結構評価きつかった。学校の教室を少し縦長にしたくらいの狭い箱で公演しているのを何度か観たみたい。端役だけど、芝居が好きで一生懸命やってるのはわかったから、本当はすぐにでも連れ戻したかったのを、三年猶予することにしたんだって」

「大学卒業後三年ということか。なら、まさに今決断を迫られているわけだな」

「三年やっても芽が出なかったら家に戻ると約束させたらしい」

「実際には家業は継がずに東京で就職して、その後横浜に引っ越したことになるが、親御さんとはそういう約束をしていたんだな」

「家業のほうはどうなったんだろう?」

「妹が婿養子を取って継いでいる。琢磨は家業が性に合わなかったのかもしれないな。一時期は親子関係がぎくしゃくしていたようだが、優秀な婿養子が家に入ってくれたおかげで徐々に修復されていったらしい。恭久が生まれてからは、盆と正月は孫の顔を見せに里帰りしていたみたいだ。静岡の茶園と、優しい祖父母の話を、恭久がどこかでしているのを見た覚えがある」

「恭久は自分が生まれる前のそうした事情をあまり知らされてなかったんだね、きっと」

それを何かの拍子に知ってしまい、琢磨の過去に関する出来事が、今回の事件が起きる原因の一端になった——そういうことだろう。

「演劇集団『夜空の月』だって」

琢磨の母親から聞いた所属劇団名を告げる。

椋梨は眉根を寄せてしばらく頭の中を探っていたが、やがて諦めたようにふっと息を洩《も》らして眉間の皺を解く。

「星の数ほどある劇団を全部把握しているわけじゃないから確信はないが、おそらく今は活動していない劇団だと思う。決まった箱で定期的に公演していたのなら、当時はそれなりに知られた劇団だったのかもしれないが、よほどでないと三十年活動を続けるのは難しいだろう」

「うん。僕たちの時代にはきっともうないんだよ。あれば恭久はそこを訪ねて、昔のことを聞いたはずだ。でも、ノートにはそんな記述はなかった」

だから過去に飛んで真実を探りたい思念が強く生まれたのだ。

「とりあえず、そこに行ってみようよ」

「ああ。そうしよう」

………あ、演劇集団『夜空の月』は下北沢《しもきたざわ》に事務所を構えているとわ井の頭線で数分の距離だ。琢磨の生活圏がなんとなく摑めてきた。

少しずつ琢磨のことがわかってくるにつれ、これがいずれ三十年後の惨劇に繫《つな》がるのかと思うと、真実を知るのが気重なところもある。

椋梨がいてくれるおかげで怖《お》じける気持ちが緩和され、心底ありがたかった。

＊

下北沢の商店街の一角に立つ五階建てビル、そこの二階に『夜空の月』の事務所はあった。演劇系の同人誌を作るための取材で、主に都内で活動している劇団を回って、過去作や次回公演、メンバーについて等お伺いしている、と椋梨が来訪目的を告げる。ここではその設定でいこうと、道中打ち合わせてきた。

「ちょっとお待ちください」

最初に応対してくれた中年女性は、入ってすぐのこぢんまりした事務室の奥にあるパーティションの向こう側に引っ込む。しばらくして、劇団の代表と名乗るひょろひょろした男性が交代で出てきた。

「同人誌？　へぇ。そういうの初めてだな。タウン誌やミニコミ誌の取材は受けたことあるけど。で、何が聞きたいの。今ちょうど五月にやる公演の立ち稽古を始めたところでバタバタしてるんだけど」

井浦《いうら》と名乗った代表の男性は、いかにも面倒くさがった態度を取る。だが、それは単なるポーズらしく、少しでも外部に興味を持たれたり、宣伝になりそうな話であれば協力するのはやぶさかでないと思っているのが透けて見え、口ぶりほど迷惑そうではなかった。

「できれば稽古場を外からちょっと拝見させていただいて、五月公演のメインキャストの方に差し障りない範囲で見所や豊富などをお伺いしたいと思うんですが」

こうした交渉はまさに椋梨の本領発揮どころだ。いきなり琢磨の名を出すのではなく、警戒されないよう外堀から埋める形でアプローチする。なるほど、と楡崎は後ろに控えて感心していた。小劇団の代表が向き合っているのは、実はやり手のテレビ番組プロデューサーだ。気圧《けお》されてタジタジとなっても無理はない。

同人誌作成のため、というのはいささか胡散臭かった気もするが、椋梨の巧みな話術のおかげで取材の許可を得た。

「稽古場は地下です」

代表から案内役を任された女性が、二人を先導して階段を降りていく。小迫《こさこ》と言うそうで、本人曰く、雑用係です、とのことだ。役者のスケジュール管理から広報的な仕事まで一手に引[illegible]事務職員っぽい。勤続年数も長く、過去作についても詳しいと井浦が太以前はダンススタジオだった物件を、ちょうどよかったので居抜きで借りているという。スタジオへの出入り口がある側の壁はガラスになっていて、手前の通路兼小部屋のような場所から中の様子が見て取れる。壁の一方は全面鏡だ。

二十名ほどが一度に踊れるくらいの広さのレッスン場に、動きやすい格好をした男女が八人いる。手には台本を持ち、セリフの掛け合いをしながら動線の確認をしているようだ。年齢はバラバラで、二十代前半と思《おぼ》しき女性もいれば、四十代か、ひょっとして五十代になっているかに見える男性もいる。後々有名になっているようなメジャーな役者は楡崎の知る限りおらず、いかにも小劇団らしい顔ぶれだと思った。それぞれ個性的で味のある佇《たたず》まいをしているが、テレビドラマしか観ないライト層にも人気が出そうな感じではなく、マニアックな魅力と言えばいいだろうか。

一人一人顔を確認したが、加門琢磨は八人の中にはやはりいなかった。母親によると琢磨はもうそろそろ約束の期限を迎え、田舎に帰る決断を迫られている身だ。五月の公演に出るはずがないことは、はじめから承知している。

「皆さんが休憩に入られるまで、こちらで待たせていただきます。その間に、過去作や、他の役者さんについて、劇団さん側が推しておられる方や作品があれば教えていただけませんか」

椋梨が、琢磨について聞き出しやすくなるよう、話を持っていく。

小迫は快く承知し、過去に上演した芝居のフライヤーをクリアポケットに入れて保管したファイルを見せてくれた。第一回公演からきちんと揃《そろ》っている。最初のほうの何枚かは手作り感満載の素人っぽいデザインで、粗悪な紙に刷られたものだった。

「ああ。初期メンバーには、昭和映画史に名を残し、現在も大河ドラマなどでご活躍中の名脇役、三笠寿郎《みかさとしろう》さんもいらっしゃったんですね」

「そうなんですよ。入団希望者に志望動機を尋ねると、三笠の名を挙げる人が多いです。若い人の中にも結構いて、演技の凄《すご》さに圧倒された、と皆口を揃えますね。一般には映画俳優として名前が売れていますし、うちに在籍していたのは二年半ほどなので、古巣の『夜空の月』が今さら世間で話題になることはありませんが、三笠に影響を受けてうちで役者になりたいと応募してくる人は少なくないんです」

三笠寿郎について語る小迫の口調は熱っぽい。あいにく楡崎は昔の映画、特に時代劇はそんなに観たことがなく、三笠寿郎も顔と名前が一致するかどうか怪しいレベルだ。この場は椋梨に任せて聞き役に徹したほうがよさそうだった。

ファイルされたフライヤーを古いものから順に捲りながら、目に留まるものがあれば質問したり、思い出語りをする、という流れでここ最近上演された作品に辿り着く。椋梨の映像や舞台関連の知識は、本来椋梨が生きる時代から半世紀遡っても潤沢で、関連するさまざまな事情[illegible]、[illegible]小迫はすっかり気を許し、いい雰囲気になっていた。

しいのだろうか。このスマートさ、少しも偉ぶらない謙虚さ、加えて見栄えのする容貌とスタイルで、過去に山ほど色々な相手を惚れさせてきたに違いない。

恋人がモテるのは誇らしいが、同時に心配と嫉妬も湧いてくる。楡崎は嬉しさと不安と焦りを密かに感じつつ、早く二人になって、この男は僕のものだと確かめたい情動に駆られていた。

そこに、本来の目的に近づく発言が椋梨の口から出て、楡崎はハッとした。よけいなことを考えて惑っている段ではないと、我に返って気を引き締める。

「ここ数年は、若手や新人さん主体のミニ公演を二月、三月あたりに興行するのが恒例化しているようですね」

「ええ。年齢と在籍年数に制限を設けて行っている新人公演みたいなものです。オリジナル脚本で、上演時間九十分のミニ公演。在籍三年以内、二十五歳までの団員が対象です」

「なるほど。今年は二月初旬に一日限りの昼夜二回行われたんですか。チェック漏れしてました。この中に何かしら印象的なバックストーリーのある役者さんはいらっしゃいますか。皆さんそれぞれに事情を抱えていたり、悩みがあったりされると思うんですが」

椋梨はメディア関係者にありがちな俗っぽさをあえてちらつかせる。それで小迫の口を少しでも軽くしようという目論《もくろ》みのようだ。

楡崎が横合いからファイルを覗いてみると、椋梨がキャスト一覧を囲むようにぐるりと指を動かした中に、加門琢磨の名前があった。出演者は六人で、全員フォントの大きさは同じだが、上二人と下四人の間に差をつけるように空間があり、加門は四人の中の上から二人目に載っている。あいうえお順ではなく、これを見れば、劇団の期待度はなんとなく察せられた。

そうですねぇ、と言い淀む小迫に、椋梨はさりげなく助け舟を出す。

「この加門琢磨さんという方は、この公演が最後の機会だったのでは？」

「あ、はい、そうですね」

自分では誰か一人に絞るのは難しかったらしいが、こちらから具体的に名を挙げると、躊躇なく喋りだした。

「実は、加門は今月いっぱいで退団することになっています。公式には、うちで年二回発行している機関誌で、何ヶ月か遅れて告知されるんですが、もうファンの間でも周知の事実です。三年以内に一度も主役クラスの役がつかなかった場合は、役者をやめて地元に帰るという話になっているそうで……。残念なんですけど」

「芝居を根っから愛している感じの役者さんですよね。べつにセンターに立つことだけが成功ではないと思いますが」

「そうなんですよ、本当に」

ここぞとばかりに小迫は語気を強める。

「でも、ご両親にしてみれば、主役になれなければ成功したとは認められない気持ちなんでしょう。わからなくはないです。うちの親も似たり寄ったりで、かなり喧嘩しまの美男、殿下の保証もない不安定さですし。ましてやうちみたいな小さな劇団ではなおさらです」

「もう舞台に立つことはないんでしょうか。惜しいですね」

「いえ！　あと一度、立ちますよ」

えっ、と楡崎は椋梨と顔を見合わせた。

「外部の舞台にゲスト出演するんです。明後日と明明後日の二日間、全四公演。たぶん現状ではこれが最後になるんじゃないですかね。本人は、いったん帰郷して両親をもう一度説得して出直したいと言ってますから、またどこかで芝居をするかもしれませんけど。あの、もしよかったら、チケットまだあると思いますよ。チラシ、差し上げますね」

「ありがとうございます」

「稽古しているメンバーもそろそろ休憩に入るみたいですので、中へどうぞ。演出家さんに紹介します。私は事務所に戻らせていただきますが、取材を終えられたら、ご足労おかけして恐縮ですが二階に寄って声掛けてください。チラシ用意しておきます」

小迫は口早に言い、壁の時計をちらと見上げた。

「今日の午後、何時になるかはっきりしないんですが、加門、事務所に来ることになっているんですよ。そのとき、もしまだいらっしゃったら、お引き合わせしますね」

「そうでしたか。時間が合えばいいのですが」

さすがにそれを待ってずっとここにいるわけにもいかず、どのみち夜になればバーで会えるはずなので、椋梨はそこまで拘《こだわ》っていない感じで受け答えする。

小迫から加門の話はあらかた聞けたので、もうこのまま帰ってもよかったのだが、最初に口実にした取材をせずに引き揚げると不審がられるに違いなく、辻褄を合わせるために五月公演の出演者たちにも一通り話を聞いた。

皆、取材に協力的で、一行でも多く紹介してほしいと目をギラギラさせており、またしても楡崎は嘘をついて騙《だま》している後ろめたさに居心地の悪い思いをした。

皆、好きなことを続けようと必死なのだ。

芸術、芸能、足元が確かでない職業に携わる者の貪欲さを、醜い、みっともないと思いながらも、楡崎自身、作家として立っていられなくなりつつある不安や苦悩にずっと悶《もだ》え足掻いているので、気持ちは痛いほどわかる。

自己主張してなんぼの世界だ。これを恥ずかしい、嫌だと思うなら、才能一本で渡っていかなければいけない仕事など選ばなければいい。

自分はどうだろう。楡崎は我が身を見下ろし、考える。

琢磨は、どうだったんだろう。当然それも頭をよぎった。

「晶」

[illegible]、楡崎はぼんやり考え事に耽《ふけ》っていたことを謝った。

気がつくと、劇団員は休憩を終えて稽古場の中央に集まって、演出家の指導を受けていた。どの顔も真剣そのものだ。遠目に見ていても、緊張感がまざまざと伝わってくる。

邪魔しては悪いと、急《せ》き立てられる心地で稽古場を後にした。

「事務所に行く前に、少し外の空気を吸いたいな」

「大丈夫か。何か考え事をしていただろう。深刻な表情だった」

てっきり劇団員たちに意識を集中させているとばかり思っていたが、椋梨はそつなく取材用のそれらしい質問を繰り出しつつ、楡崎の動向にも注意を払ってくれていた。嬉しさと、変なところを見られた恥ずかしさで、頬が上気する。

「ちょっと落ち込んでたんだよ。自分の腑甲斐《ふがい》なさに。まだ全然やるべきことやってない気がしてきて」

「そうか。なんとなく、言いたいことはわかる。でも、きみは十分がんばっているよ」

「あと少し欲張ってみようかな、って」

「それもいい」

「よく闘病していた人やペットが空に還《かえ》ったとき、がんばって生き抜いたって言い方するじゃない。あれを聞くたびに僕は身が引き締まる思いがしていたんだよね。最後の最後まで懸命に生き抜く。全うする。看取《みと》った人が、そう表現して伝えてくれる。壮絶で、あたたかいなと思うんだ。生きている間、僕もそういう気構えでいたいと思うんだけど、思うばかりで実際にはだらだらとただ生きているだけで。役者さんたちを見ていたら、なんというか、欲に火をつけられたんだよね。あの人たちの半分もがんばってない気がして。やっぱり強烈だよね、あの人たち。役者やってるって、いわゆる『普通』じゃないんだと思った。もしかしたら僕もそれに近いところあるのかもしれない」

「傍にいさせてくれ、晶」

椋梨に撫《な》でるように背中をポンと叩かれ、しっとりした声で耳元に囁《ささや》かれ、楡崎はドキドキと心臓を乱れさせた。

「そ、それ、こっちのセリフだから」

動揺してよろけ、うっかり階段を踏み外しそうになったが、すかさず椋梨が腕を摑んで支えてくれた。

「ごめん。あり……」

他に誰もいない踊り場に上がったところで、ありがとうと言いかけた唇を塞がれる。

大胆にも、両腕を回してきて、ぎゅっと抱き締められる。

腰を引き寄せられたため、下腹部を互いに密着させることになり、あっという間に硬くなった陰茎に狼狽《うろた》える。

[illegible]い。恥ずかしい。

[illegible]声を出しかけた唇の隙間をこじ開け、濡れた舌が入り込んでくる。弾力のある舌で口腔《こうこう》を舐《な》め回され、蹂躪《じゅうりん》されて、たちまち頭の芯が痺《しび》れる。

だめ、と言いたくて震わせた舌を搦《から》め捕《と》られ、淫猥《いんわい》な水音を立てて吸われ、出した声は自分のものとは思えない艶《なま》めかしい喘《あえ》ぎだった。

「……っ、あ……」

「晶」

名残惜しげに唇を離される。透明な糸がしばらく二人の間を繋いでいた。

「続きは、今夜にでも。いいか」

「……うん」

照れながらも、楡崎は、絶対だよと約束を取り付ける気で椋梨の手を一握りした。

「来てくれなかったら、僕から部屋に押しかけるからね」

「それはないと断言するが、きみから来てくれるのも悪くないな」

「じゃあ、次の機会にそうする」

戯れ合うような会話をしながら一階のエントランスから外に出る。

建物の裏手に、車が三台駐《と》められるくらいのスペースがある。事務所の窓から外を覗いた際に見つけていて、一息入れるならそこがうってつけだろうということになった。

駐車場に近づいていくと、行く手から話し声が聞こえてきた。

「ねぇ、ちょっと待って。琢磨、まだ行かないで」

「頼むから大きな声出さないでくれよ」

若い男女が何やら揉《も》めている感じだ。しかも、女性は相手を琢磨と呼んだ。

楡崎は椋梨とアイコンタクトを交わし、足音を忍ばせて建物の角まで進む。

見つからないように注意深く首を伸ばして建物裏の様子を確かめる。

ここから最も遠い奥のスペースに小型のバイクが駐めてあり、そのすぐ傍で二十代半ばくらいと思しき男女が立ち話をしている。

男性は後ろを向いているが、背格好や髪型からして加門琢磨に間違いない。

女性のほうはしっかり見えた。劇団関係者の集合写真にはいなかった顔だ。琢磨と同じか少し若いくらいで、服装はOLふう。美人というより可愛《かわい》い感じだろうか。ローヒールのパンプスを履いて、小さめのショルダーバッグを左肩に掛け、手にはトート型のサブバッグを持っている。ヘアスタイルは、薄く作った前髪をカールさせたロングで、この時代のグラビア写真でよく見る流行《はや》りの型だ。

「あのね、雪菜《ゆきな》」

ふうっと重苦しい溜息《ためいき》をついて、琢磨はちょっと苛《いら》ついた様子で髪をガシガシと掻く。昨晩は後ろできつく縛って襟足の上に短い尻尾《しっぽ》を作っていたが、今はばらしたままだ。結んでいない可愛い癖があるのがわかる。現在の歳をとった姿と付き合わせたとき、一番面影を感じるの

はこのうねりの入った髪かもしれない。

「俺の初舞台から二年以上、雨の日も雪の日も必ず観にきてくれて、出待ちや入り待ちまでしてくれるファンは雪菜だけだ。俺みたいな底辺の役者には、過ぎた応援をしてくれたと、本当に感謝してるよ」

「私は自分がやりたくてやってるだけよ。琢磨の追っかけをするのが私の唯一の楽しみなの。それを自分で、俺みたいな底辺、とか下げないで」

「ありがたいと思ってるよ。本気だ。俺がめちゃくちゃに落ち込んでいたときは朝まで一緒に飲んでくれた。何もかもうまくいかなくて自棄《やけ》を起こして八つ当たりしたこともあったのに、それでも見捨てず、いつだって俺が一番だと言ってくれた。最高のファンだよ」

「そうよ……私も、自分で私は琢磨の最高のファンだと思ってるわ」

「……ああ」

そこで二人は、互いに相手の出方を待っているかのごとく黙り込み、俯《うつむ》き合う。

この雪菜という女性はどこの誰で、三十年後はどうしているのか。不意に現れた新たな人物に戸惑いを覚えるが、彼女も鍵を握る存在だと楡崎の勘が囁いている。恭久がノートに書き殴っていた、二十五歳の琢磨がしでかしたかもしれない何か、それが本当にあったことだとすれば、この女性が絡んでいる可能性は高そうだ。

琢磨の熱烈なファンで、いつもこうして琢磨を待ち伏せしているらしいこと、琢磨も雪菜に

[illegible]ライベートでは役者とファン以上の付き合いをすることもある仲なのは間違いなさそうだ。このとき琢磨は恭久の母親とはまだ出会っていないはずなので、役者時代の恋人と言っていいかもしれない。

「ねぇ、本気なの？」

しばらくの沈黙のあと、先に口を開いたのは雪菜だった。

「何が？」

琢磨がぎくしゃくした態度で問い返す。実際は何の話かわかっていながら、少しでも時間を稼ごうとしているのが傍目にも明らかだった。バツが悪そうにしているのが背中からも見て取れる。本来は嘘やごまかしなどしたくない、誠実な人柄なのだろう。恭久がそうだったので、父親もそうであろうと楡崎は信じられた。

「今月いっぱいで本当に静岡に帰っちゃうの？」

雪菜は琢磨が空惚《そらとぼ》けようとしても忍耐強く言葉を重ねる。一度捕まると振り切りづらいタイプなのかも、と楡崎は思う。きちんと筋を通して納得させるまでは、解放してくれなそうだ。よく言えば情が濃い、微妙な言い方をするなら執着型といったところだろうか。

「ああ。帰る。ついに年貢の納め時がきたんだ」

ここはもう、うやむやにせず、はっきりさせなければ埒《らち》があかないと心を決めたのか、琢磨は開き直ったように滑舌のいい声で言ってのけた。

「二十五までに完全に独り立ちしてやっていけると世間的に認めさせられなかったら役者は諦めると約束して、大学卒業後も親の脛《すね》をかじってきた」

「でも、バイトだってしてたじゃない」

「いろいろやったよ。親からの送金分だけじゃノルマのチケット代払ったり、歌やダンスのレッスンを受けたりできなかったし。俺なんかまだマシなほうだよ。援助なしで一人でやってる連中はもっとバイトに時間割いてる。俺みたいに風呂付きのワンルームにも住めてなかったりする。そのくらい厳しいんだ。テレビや映画に出ているスターやアイドルとは全然違う」

「じゃあ、本当に明後日と明明後日立つ外部の舞台が最後ってこと?」

「ああ。……そうだよ」

少し溜めを作ってから付け足した言葉に、夢を諦めなくてはいけない琢磨のつらさ、悲しみが滲み出ていて、楡崎は胸苦しかった。

「雪菜とは、演劇を通じて知り合って、今までたくさん助けてもらってきた。これで縁が切れるのは寂しいけど、俺は静岡で家業を継ぐために一から修業しなきゃいけない身だ。全然違う生活が待ってるわけだし、正直、東京で生まれ育った都会っ子の雪菜が耐えられる環境じゃないと思う」

「そんなこと、わからないじゃない……」

「分かるさ。静岡では大きな舞台の地方公演さえ稀《まれ》だぞ。年間を通じて毎日どこかで何か

[illegible]　雪菜の趣味は観劇だろ。そのために嫌な上司がいる会社にも我慢して勤めているって言ってたじゃないか。雪菜は絶対にこのまま東京にいるほうがいい。俺の追っかけは、明明後日の千秋楽までにしてくれないか」

「いっそ、おまえなんか嫌いだって言ってくれたほうが、私救われるんだけど……っ！」

たまりかねたように雪菜が声を荒らげる。

「……っ。もうやめてくれ。うちの事務所、ファンとの個人的な付き合いは禁止なんだ。バレたら今月末までの契約を今すぐ切られる。せめて最後は綺麗に去らせてくれよ。でないと雪菜とのこれまでの思い出も俺の中で汚点になる。そんなのお互い嫌だろ」

聞きようによってはひどい言葉だった。

雪菜が唇を噛み締め、凍りついたように動けなくなった気持ちは痛いほどわかる。だが、楡崎には、琢磨は決して雪菜が嫌いでこんなことを言ったわけではないと思え、琢磨自身、己の吐いた言葉に傷ついているのではないかとハラハラした。

「悪いけど、俺、もう行かないと。事務所に呼ばれてるんだ。このあとバイトもあるし。最後の出勤日だから穴開けられない」

ごめん、と一度深く頭を下げて、琢磨は楡崎たちが隠れているのとは反対側の角を曲がって駐車場を去った。

雪菜はまだ突っ立ったまま動かない。呆然《ぼうぜん》とした表情で、どうやって手足を動かすのかわからなくなっているようだった。

今駐車場に来た振りをして声を掛けるべきか迷う。椋梨も思案しているふうだ。

楡崎たちが躊躇《ためら》っていたのは僅かな間だったが、幸い、その間に雪菜は気を取り直し、のろのろした足取りで琢磨の後を追うように立ち去っていく。

「気まずいところに行き合わせちゃったね」

「どちらの気持ちもわかるだけに、聞いていてつらかった」

「僕も」

しんみりした気分のまま建物の中に戻ると、ちょうど地階から階段を上がってきた小迫と鉢合わせした。

「あっ、こちらにいらっしゃったんですか。あんまり遅いから稽古場を覗いてきたところでした。よかった、行き違いにならなくて。はい、これ、明後日の劇団『はるなつ』のチラシ」

「すみません、ありがとうございます」

二人で丁重に頭を下げて礼を言う。

「さっき問い合わせしたら、劇場で当日券出るそうです。面白いと前評判も上々みたいなので、お時間あるならぜひご覧になってください」

どうやら小迫は、少し前に事務所に上がっていったはずの琢磨とすれ違いになったらしく、

[illegible]を知らないようだ。

見たなら、今後の行動について話し合う。

「これだけわかっていたら、今夜はもうバーに行かなくてもいい気がするんだけど」

思いのほか劇団で得た情報が多かったので、楡崎は今夜の予定を変更してもいいのではと提案した。

「私もバーで琢磨と接触する必要はなくなったと思っていた。アルバイトは今夜までと言っていたが、明後日と明明後日、最後の舞台に出演することはわかっているし、おそらくそこでまた雪菜とも会えるだろう。琢磨の最後の舞台を観ないはずはないから」

「今までも全通する勢いで通っていたっぽいし、四回全部観るだろうね。ただ、さっきの別れ際のやりとりで琢磨に愛想を尽かしているならわからないけど」

「冷静に考えれば、琢磨の気持ちは察せられると思うが」

「そうだよね。彼女、芯が強くて、あれでも結構冷静に振る舞えていたと僕には思えたから、明後日、きっと来るんじゃないかな」

「きみの考えに私も同意だ」

椋梨は愉快そうに口元を緩め、勿体《もったい》ぶった言い方をする。

それがおかしくて、楡崎もくすっと笑った。

「じゃあ、今夜は、ゆっくり食事でもする？」

「それがいいだろう」

「……で、その後の約束は、覚えてる?」

「忘れると思うか」

椋梨の声が一際色っぽく、楡崎の下腹に響く。

ずんと下から突き上げるように淫らな疼きが湧いてきて、うっかり変な声が出そうになる。

慌てて片手で口を押さえたら、椋梨が横目で流し見てきて、「こら」と低い声で窘められた。

3

『やはり、すべての起点は十年前。ホテルで火災が起きたあの日の夜に繋《つな》がっているんだ！』

『戻ろう、あの夜に』

『ああ！　謎を解く鍵はきっとそこで見つかる！』

最後のセリフをきっかけにノリのいい音楽が流れだし、一幕の主な登場人物たちが、上手から下手から次々と現れる。主役と準主役の二人はセリで高い位置に上がっており、舞台は大いに盛り上がって暗転した。

拍手が鳴り響き、客電がつく。

ただいまより十五分間の休憩をいただきます……とアナウンスが流れ、トイレを目指して席を立つ客が通路に溢《あふ》れた。

「一幕、面白かった」

当日券で劇場に入ることができた楡崎《にれざき》と椋梨《むくなし》は、後方の上手寄りに並んで座り、劇団『はるなつ』の春公演『あの日の夜に』第一幕を観《み》た。

「琢磨《たくま》さんもよかったと思ったよ。あの役、ゲスト枠で、三人の外部役者が四公演ずつ交代でやるんだね」

開場してすぐ購入したパンフレットの、琢磨たち三人が紹介されているページを開き、椋梨に見せる。キーパーソンになる役どころを三人の役者が各々の個性を生かして演じる仕掛けで、話の流れは同じだが、別々の人間が一つの同じ役回りで登場する。その役と絡むレギュラー陣の芝居も相手に合わせて変わらざるを得ず、観客は、キーパーソンが琢磨だった場合、他の二人のうちのどちらかだった場合、とさまざまなバリエーションを楽しめるわけだ。

「琢磨にとってもやりがいのある作品なんだろう。舞台の上で生き生きして見えた」

「うん。芝居が好きという気持ちがビシビシ伝わってきた。だから、こう考えずにはいられないんだけど、本人は本当にこれが最後の舞台だと割り切れるのかな？　まだやれる、やりたいと、決意をひっくり返したくならないのかな」

「彼が野心も夢もあるアグレッシブなタイプなのは確かだ。だが、決して自己中心的なわけではなく、周囲のことも蔑《ないがし》ろにしない。そんな人間だから、一度交わした約束を反故《ほご》にできず、目標半ばで実家に戻る決意を固めたんだろう。未練はあるだろうし、帰ると決めてからも迷い続けていたのかもしれないが、案外、一昨日《おととい》の彼女との言い合いが、もう引き返せないと自分に言い聞かせて逃げ場を断つきっかけになった気もする」

「雪菜《ゆきな》さんをはっきり遠ざけようとしてたしね。……彼女、大丈夫だったかな。琢磨さんも本
気、だぞ、う言い方では、完全に拒絶されたと普通は捉えて、ショックを

んなみたいなファンに迷惑だとか言われたら、きっと僕でも傷ついて立ち直れなくなる」

「きみ、推しがいるのか？」

「えっ。そこ引っ掛かるところ？　たとえばの話じゃないか。推しなんかいないよ。俳優にもアイドルにも特に興味ないし」

「いたら意外で、つい聞いた」

　椋梨は楡崎よりうんと大人っぽく、何事にも動じなくて達観している印象が強いが、案外可《か》愛《わい》いところがあって、ときどき見当違いのやきもちを焼いたりする。楡崎には、椋梨に深く愛されている自覚があり、推しについて聞いてきたのも、なんとなくジェラシーかなと思って、おかしかった。

「まだ十分ほど休憩時間がある。ロビーに行かないか」

「行く。座りっぱなしだとお尻が痛くなりそうだし」

　何の気なしに、尻がと言ったのだが、直後に、楡崎は一昨日の夜のことを不意に思い出してしまい、猛烈な羞恥に襲われた。

椋梨と今顔を合わせると、わぁ、とか、ひゃあ、とか、恥ずかし紛れに奇声を発しそうだ。そうならないよう顔を伏せ、足元に視線を落としたまま、椋梨の背について行く。

するど、ロビーに出たところで、椋梨が急に足を止めた。

「うわ……っ」

反応が遅れ、椋梨の背中にドスンと頭突きを食らわす格好になる。

「ごめん！　ど、どうしたの？」

「壁際のベンチ。座席表が掲げてある壁の近くの」

椋梨の言う場所に目を向けると、三人掛けのベンチの手前端に雪菜が座っていた。

「雪菜さん、牛島《うしじま》雪菜さんだ。やっぱり来ていたね」

雪菜については、昨日、小迫《こさこ》にいろいろお世話になったお礼の電話を入れた際、外で見掛けたと言って、フルネームや職業などを聞き出した。

雪菜のことは、琢磨の追っかけをしている熱心なファンとして、『夜空の月』関係者の間では知らない人はいないほど有名なのだそうだ。適度に今風のおしゃれを取り入れて身なりに気を配っているところや、おとなしくて落ち着いた佇《たたず》まい、出待ちや入り待ちの際の節度ある態度など、好感度高めで通っていると言う。琢磨と二人で会っていることは、誰にも気づかれていないようだった。よほど慎重に密会していたらしい。

二十四歳、琢磨より一つ年下で、専門学校を卒業後、都内の電気機器メーカーで働いていることもわかった。公演を観た人に書いてもらうアンケートに雪菜本人が回答した内容を教えてもらったのだが、今ならあり得ない話だと椋梨は微妙な顔をしていた。簡単に情報が手に入っ[illegible]、[illegible]人の感覚として罪悪感が湧き、一方では気まずかったらしい。

[illegible]ボトルや菓子パンなどを並べた売店があり、スタンド式の小さなテーブルが設置されている。とりあえずそこでミネラルウォーターを飲みながら様子を窺《うかが》っていると、雪菜の横にいた二人組の女性が立ち上がるそぶりを見せた。

「向こうは僕たちのこと知らないはずだけど、隣に座って適当に話し掛けてみる？」

「そうしよう」

せっかくのチャンスだ。雪菜とも少し話してみたい。人伝《ひとづて》に聞いたり、遠くから見ただけではわからないことも、話せば摑《つか》みやすくなる。

二人組の女性と入れ替わりにベンチに座る。

雪菜の隣に腰を下ろすとき、楡崎は軽く会釈して、「こちら、いいですか」とわざわざ声を掛けた。お連れの方はいらっしゃいませんか、という確認だ。

「え？　あ、ああ、はい。どうぞ」

雪菜は最初戸惑う様子を見せたものの、楡崎がふわりと微笑《ほほえ》みかけると、目を見開いて、ほんのり頬を赤くした。ここはきみのほうがたぶん警戒されない、と椋梨に背中を押され、楡崎が雪菜の横に行ったのだが、読みが当たったようだ。椋梨は黙って楡崎の反対隣に座る。

「一幕、いいところで終わりましたね。二幕が楽しみだな」

楡崎は雪菜に気さくに話し掛けた。

今し方、同じ生の舞台を観た者同士、それだけで見ず知らずの相手にいきなり話し掛けても不思議ではない一体感がある。初めて観る作品なら特に、幕間《まくあい》に誰かと一幕の感想を喋《しゃべ》りたいものだ。雪菜もまさしく話し相手がほしかったようだ。控えめでおとなしそうなのに、芝居に関してはびっくりするほど食いつきがよくて饒舌《じょうぜつ》だった。好きなことには人格が変わるほど積極的になるタイプらしい。こういう人なら、贔屓《ひいき》ができたら何を置いても応援し、追っかけもするようになるはずだ、と納得がいく。

「ええ、ええ！　本当に。予想以上に面白くて、一時間四十分、あっという間でした。二幕どうなるのか、わくわくします」

ひとたび水を向けると、会話は容易だった。

まるで前から知り合いだったかのように話が弾む。楡崎のほうが雪菜に押され気味で、自分が喋るより雪菜の話に相槌《あいづち》を打っていればよくて楽だった。

「どなたかお目当ての役者がいるんですか」

琢磨のことを話させるために聞くと、即座に乗ってくる。

「ゲストの加門《かもん》琢磨くん。ずっと追いかけてるんです」

特別ハンサムってわけではないし、芝居がものすごく上手とも言えないけど、自分の好みにドンピシャで、と雪菜は熱く語る。根っからの脇役タイプ、主役に必要なオーラは残念ながらないけど、と落としながらも、好きな気持ちが溢れんばかりに伝わってくる。

嬉《うれ》しいだろう。羨ましいと楡崎は素直に思う。楡崎も人気商売の作家、雪菜のようなファンがいれば、それはもう心強いに違いない。雪菜には、馴《な》れ馴れしさや厚かましさといった、困ったファンの振る舞いは見受けられず、自分が傷つくことがあっても、推しの迷惑にはならないという、強い自制心と理性、愛情を感じた。

「本当に加門琢磨が好きなんですね」

「はいっ」

元気よく満面の笑みで肯定した次の瞬間、突然雪菜は口を押さえて上体を丸め「うう……」と苦しげに嘔吐《えず》きだした。

「えっ。ちょ……、あの、大丈夫ですかっ」

あまりに唐突で、楡崎は仰天し、おろおろするばかりだ。

「これを使ってください」

椋梨がすかさず売店からポリ袋をもらってきて、雪菜の足元に屈《かが》み込み、袋を広げ持つ。

どうした、どうした、と人が集まってくる。

楡崎は邪魔にならないよう椅子を空け、椋梨の後ろに立っていたが、雪菜が人前では吐けないとばかりに真っ青な顔で首を振るのを見て、なんとかできないかと助けを求める気持ちで周囲を見回した。

「すみません、ちょっと通してください」

人垣を掻《か》き分けて、ほっそりとした上品な女性が進み出てくる。まだ二十歳そこその、学生かと思われる雰囲気の綺麗《きれい》な女性だ。清楚《せいそ》で教養の高そうなお嬢様ふうで、ワンピースをはじめ身につけている物のことごとくに質のよさを感じる。

なんとなく写真で見る母に似ている気がして、楡崎はまじまじと見つめてしまった。楡崎が二歳になる前に病死した母親の記憶はほとんどない。声も覚えていないのだが、きっとこんな感じだったのではないかと思う。

「大丈夫？」

紺色のワンピースを着た若い女性は雪菜の許《もと》に駆け寄ると、背中を摩《さす》りながら心配そうに声を掛ける。

「向こうにお手洗いがあるから、連れていってあげる。立てる？　私に摑まって」

ばあやが同行していそうなお嬢様だが、見た感じよりずっとしっかりしていて、テキパキと采配を振るう。

「我々が支えます。手洗いの中には入りませんので」

すかさず椋梨が申し出る。手にしていたポリ袋を女性に預け、楡崎と二人がかりで雪菜を両脇から支え、女性化粧室に向かう。

ワンピースのお嬢様が先に立ち、野次馬をどかせて進路を確保してくれる。椋梨と出会って

[illegible]、聡明《そうめい》で素敵な女性だった。

「ありがとうございます。私一人では無理だったので、助かりました。ここまでで大丈夫です。あとは私が」

「この女性とお知り合いですか」

一つだけ尋ねる。

「いいえ。でも、私も病気がちなので、こういうことに慣れてるんですよ」

にっこり笑って、ワンピースのお嬢様は化粧室のドアを閉める。ドアが完全に閉まる間際、洗面台に突っ伏して吐いている雪菜の丸まった背中が見えた。

この騒ぎが起きる少し前に開演五分前を知らせるベルは鳴っており、雪菜を手洗いまで連れていきだしたあたりから、ロビーにいた人々は徐々に客席に戻っていた。

ワンピースのお嬢様一人に雪菜を押し付け、自分たちはさっさと席に着く気にはなれず、打って変わって閑散としたロビーに立ったまま、しばらく待った。

劇場の係の女性が早く席に着くよう促してきたが、連れが具合を悪くして手洗いにいると言うと、様子を見に行ってくれた。

少しして、係の女性と一緒に雪菜とお嬢様が出てくる。

雪菜は吐いたら具合がよくなったらしく、もう顔色も元通りになっていた。

「ありがとうございました。すみません、ご迷惑をお掛けして」

深々と頭を下げられる。

「よかった。もう御気分悪くなさそうですね」

「はい……、あの……病気じゃないんです」

「もしかして……？」

こくりと恥ずかしげに雪菜は頷《うなず》く。

「それは、あの、おめでとうございます。あ、あの、お大事になさってください」

お嬢様は手洗いで一緒の間に勘付くか聞いていたかしていたらしく、慈しみ深い眼差《まなざ》しで雪菜を優しく見ている。

「そちらの方にも、助けていただいて、ありがとうございました」

楡崎の隣に静かに立っていた椋梨は、雪菜に感謝されて、「いえ」と短く答えていた。愛想がないと言うより、こんなときに掛ける言葉がうまく見つけられなくて口数が減っている感じだ。普段はくやしいほどスマートなくせに、たまに不器用になる。そこもまた楡崎には愛《いと》おしい。

「戻りましょうか。もう二幕始まっちゃってますよ」

お嬢様が言い、係の女性が「ご案内します」と先に立つ。

お嬢様と並んで歩きながら、椋梨が話し掛ける。

「まだお若そうなのに、落ち着かれていましたね。学生ですか」

「ひょっとして、婚約者がいらっしゃる？」

三十年前はすでに女性も就職してバリバリ働いていることが多かった時代だ。就職せずに家事手伝いというのは珍しかった気がする。なので、椋梨もそう聞いたのだろう。

「はい。来春、結婚する予定です。だから、雪菜さんの体に起こったこと、他人事《ひとごと》ではない気がしたんです」

「よかったら、お名前をお伺いしてもいいですか。私は椋梨と言います。テレビ関係の仕事をしています」

怪しい者ではないと、先に椋梨が自己紹介すると、お嬢様は一言、「文香《あやか》です」と答えた。

あやか――後ろで耳を澄ましていた楡崎は、小さく息を呑《の》む。

やっぱり、という気持ちも同時にあった。

よもやここで将来楡崎の母になる女性と出会い、言葉を交わすとは思いもしなかった。

そうか。この人が、若かりし頃の母なのか。想像以上に素敵な人だ。父が再婚など考える気にならなかったのも道理だ。

嬉しすぎる僥倖《ぎょうこう》に目頭が熱くなる。

おそらく椋梨も薄々予感していたに違いない。楡崎のためにわざわざお嬢様に名前を尋ねてくれたのだ。それもまた嬉しかった。

上演中のホール内で、三方に分かれた。係の女性は、最も前方に席がある雪菜を案内し、文香は中程の通路側の席に一人で向かう。楡崎たちも腰を低くして観客の視界をできるだけ妨げないようにしながら着席した。

遠目に、雪菜の後頭部を確かめる。姿勢を正し、琢磨の立ち位置に合わせて首を僅かに動かすのが見て取れる。

二幕は、つい雪菜の視線の先ばかりを追ってしまい、一幕ほど芝居自体に集中できなかった。それでも最後まで面白くて、観終えたあと椋梨と語り合いたいことがたくさんあった。

カーテンコールのあと、混雑したロビーを出て区民ホールの玄関先に立っていると、最後のほうに雪菜が出てきた。

こちらに気づいて雪菜から近づいてくる。

「ひょっとして、これから出待ちですか」

楡崎が遠慮がちに聞くと、雪菜は黙って首を横に振った。体調のこともあるので、今日はもうこのまま帰って休んだほうがいいのではと心配していたので、よかったと胸を撫《な》で下ろす。

「友達が終演後迎えにくると言っていたので、その人をここで待ってます」

たぶんもうすぐ来るはず、と腕時計を見ながら雪菜が言ったとき、歩道を足速にこちらに向かってやってくる男性の姿が目に入った。

「あ、はい、そうです」

雪菜は柔らかく微笑んで答え、男性に向かって手を振った。

「山名《やまな》くん！」

こっち、と続く雪菜の言葉が、耳の奥に遠ざかる。

「……これが、答えのようだな」

椋梨が静かに言う声が耳元でした。

＊

恭久《やすひさ》が過去に戻ってでも知りたかったのであろう真実に、おおよそ見当がついた。

そのことは、楡崎に思いを託し、楡崎と意識を同化させて見守っていたであろう恭久も、すでに承知しているに違いない。

「ここでの用が済んだんだとしたら、僕たち、いつどんなタイミングで元の時代に呼び戻されても不思議ないね」

その前に、と楡崎は椋梨との過去デートを欲張った。

隅田川《すみだがわ》まで足を延ばし、整備された河岸をぶらぶらと歩く。

ゆったりとした川の流れは、三十年前も今と変わらない気がして、川面《かわも》だけ眺めていると、今が現在なのか過去なのか曖昧な気分になる。

オレンジがかってきた夕陽《ゆうひ》も綺麗だ。

「人と人の出会いというか、縁って、不思議だね」

椋梨と肩を並べ、歩調を揃《そろ》えてゆっくり河岸を散歩しながら、楡崎はつくづく思ったことを話す。

「ロンドンのときも感じたけど、今回はさらにその感覚が強まった」

「きみの母上のことは、まさに奇遇としか言えない出会いだったな。きみの気持ちが引き寄せたのかもしれない。強い思いというのは、侮れない力を持っているものだ」

「うん、そうかも。僕も、一度でいいから母さんと話してみたいという思いを、心の奥底で燻《くすぶ》らせていた気がする。そういえば、直前に母の形見の品を手元に置いていたんだよ。もしかしたら、その影響もあったのかな。だけど、過去に行って、僕を授かる前の母さんと会えたなんて、この瞬間も夢のようで現実味がない」

ましてや、あんな素敵な人だったとは。

うっかり母親に恋をしそうになったことは、椋梨には絶対に内緒だ。父が羨ましい。だが、その父親も楡崎が二十三のときに亡くなった。母は父の大切な人だった。二人はお似合いだっ琢磨との間にできていたんだね」

一昨日、雪菜は本当は妊娠していることを琢磨に告げたかったのではないだろうか。あの日もヒールの低いパンプスを履いていたことを思い出す。だが、琢磨はそれにまったく気づいておらず、雪菜と別れて静岡《しずおか》に帰ると決めていた。

「田舎のご両親に結婚を認めてもらえるかどうかわからないし、第一、琢磨にその気がないようなことを言われたら、黙って産んで一人で育てる決意をするのも理解できる」

「言えば琢磨はきっと結婚を考えたんだろうがな」

「うん、僕もそう思う。でも、雪菜さんは言わないでおくことを選択したんだね」

雪菜にとって山名は、今のところ仲のいい友人以上の存在ではなさそうだが、山名のほうは、わざわざ観劇後に迎えにくるほど雪菜に気持ちがあったようだ。別の男の子供が腹にいてもかまわないから結婚しよう、とプロポーズされたら、雪菜が心を動かされても不思議はない。

「だけど、よりにもよって雪菜さんが産んだ山名明穂《あきほ》と、琢磨がその後別の女性と結婚して設けた加門恭久が偶然同じ劇団に所属して、惹《ひ》かれ合い、たぶん……体の関係まで持つようになっていたなんて、不幸すぎる」

恭久が、自分たちは母親違いの実の姉弟なのではないかと、どういう経緯で疑いだしたのかはわからないが、どれほど激しく衝撃を受けたか想像に難くない。

愛し合っているにもかかわらず、許されない関係だ。万に一つ、子供でもできようものなら、その子まで不幸にしてしまう。身を切られる思いで別れを切り出したのだろう。別れる以外の選択肢はなかったのだ。

ただ、恭久はこの事実を明穂には告げるに忍びなかった。自分が味わった絶望を、彼女にまで負わせたくなかったのだと思う。

だから、ただ別れたいと言った。納得できない明穂にどれだけ責められても詰《なじ》られても、真実は口が裂けても言わず、そのことがあの悲劇を招いたのではないか。

恭久が心変わりしたと誤解して明穂は激昂《げっこう》し、恭久を突き飛ばしてしまった。実はこのとき恭久は頭を強く打って意識をなくしただけだったのだが、おそらくまともな精神状態を失していた明穂は自分が殺したと思い込み、遺書を書いて後を追ったのだ。

その後、意識を取り戻した恭久は自殺している明穂を見つけ、取り返しのつかない事態を引き起こしたと悟り、奈落に突き落とされた心地になっただろう。本来ならすぐに警察に連絡すべきところだが、恭久は一般人ではない。事件が明るみに出れば一大スキャンダルだ。おそらく契約で緊急事態時の独断での行動は禁じられており、事務所の意向を確認してからでなければと、とりあえずいったん自分の部屋に帰った。そこで自らも息絶えたに違いない。警察が推測したとおりの顚末《てんまつ》だったと考えてよさそうだ。

どうしてこんなことになったんだ、過去に何があったんだ——このままでは死ぬに死ねない[illegible]恭久の無念の叫びが胸に痛い。

を得られたのかな」

川面に反射する夕陽の輝きに目を細くしながら楡崎はぽつりと呟《つぶや》いた。

「向こうに戻ったら、彼らの墓に手を合わせに行こう」

そのとき直接問いかけてみればいい。

椋梨に言われ、楡崎は「そうだね」と頷いた。

＊

隅田川沿いに見つけたうなぎ料理の老舗で夕食を済ませ、ホテルに戻った。

「今晩が最後になるかな？」

「起きたら本来の時代にいた、となる可能性は高いな」

「ホテル代、五泊分先払いしておいたのは、そのため？」

「不可抗力にしろ、踏み倒すことになったら後味が悪いだろう」

「うん。悪い」

椋梨のこういう律儀なところも好き、と楡崎は胸の内でデレる。椋梨を知れば知るほど好ましさが増していく。

「じゃあ、今夜は僕が一斗《かずと》の部屋に押しかけようかな」

紛れもなく本気だったが、照れ隠しにわざと軽めの口調で言って、「……いい?」と椋梨の意向を気にして伺いを立てる。

「きみが来なければ、私から行くつもりだった」

椋梨は冗談っぽく笑って返してきながら、眼差しは真剣で、その目で見つめられると体の芯に官能の痺《しび》れが走った。

「シャワー浴びたら、すぐ行く。寝ないで待っててよ」

「もちろんだ」

ツインルームに二人で泊まるのもいいが、別々の部屋だからこそのやりとりも、艶っぽくて欲情をそそられる。

一昨日の夜は椋梨が楡崎のところに来た。今夜は、前に言っておいたとおり、楡崎の番だ。こんな場合どのくらいの時間をかければいいんだろう。早すぎても余裕がなさそうで恥ずかしいし、ゆっくりしすぎたら椋梨のやる気を萎《しぼ》ませるかもしれず、考えものだ。他人が聞いたら、勝手にしろと呆《あき》れそうなことを、結構真面目に思案しながら風呂で隅々まで体を洗う。

結局、椋梨の部屋のドアホンを鳴らしたのは四十分後だった。

ドアが開くと同時に、備え付けの寝巻き姿の椋梨に腕を摑まれ、室内に引き入れられる。

[illegible]し、一瞬で理性が吹き飛ぶ。

「待ち遠しかった」

セミダブルサイズのベッドに押し倒され、とりあえず人目を慮《おもんばか》って着てきたシャツのボタンを外される。

はだけた胸板に手のひらを這《は》わせ、感触を堪能《たんのう》するように撫でさすられると、あえかな声が出た。指先を滑らされただけで感じて、喘《あえ》がずにはいられない。

皮膚がざわっと粟立《あわだ》つ。脇腹はピクピク引き攣《つ》る。昂奮して体が熱を帯び、石鹸《せっけん》の香りが強まって淫靡《いんび》な気分に拍車が掛かる。

ツンと尖《とが》って淫らに勃《た》った乳首を摘まれ、指の腹ですり潰すように擦《こす》られた。

「あっ、あ。あっ！」

たまらない感覚に、うわついた声を上げ、腰を弾ませる。

敏感な胸の突起を左右交互に口で吸われ、唾液で濡れたところを指で弄《いじ》られる。そうやって立て続けに刺激されるたび、背中が弓形になるほど感じて悶《もだ》えてしまう。

肩まで露《あら》わになっていたシャツを脱がされ、ズボンも下着ごと脚から抜き去られる。

楡崎を全裸にした椋梨は、自分も寝巻きの上衣《うわぎ》を脱いだ。

適度な運動を続けることで引き絞った体を見せられ、楡崎は小さく喉を鳴らす。綺麗に筋肉が付いていて、色香にあてられそうだった。

まだ行為は始まったばかり、これからが本番だというのに、もう早くも一度達したような酩《めい》酊《てい》の仕方をしている。

ベッドに仰向けに横たわった楡崎の上に、椋梨が体重をかけてのし掛かってくる。ずっしりとした重みを全身に受け、肌と肌を合わせて熱を混ぜ合い、楡崎にとってはフェロモンそのものの椋梨の匂いに包まれる。

「今日は少し疲れたか」

「ど、どうかな」

耳朶《じだ》に息がかかるほど間近で色香に満ちた声を響かされ、脳髄が痺れるようだ。冷静に何か考えられる状態ではなく、言葉もうまく出てこない。椋梨と抱き合っていることにすっかりのぼせていて、もっと触ってほしい、一緒に気持ちよくなりたい以外求めていなかった。

「ぼうっとしてる」

「気持ちよすぎて、変になりそうなんだ」

「もっとするつもりなんだが」

「いいよ。……好きにして」

椋梨にならどんなふうにされてもいい。むしろ、してほしい。我を忘れるほど強く抱いてほしかった。

頭皮を指の腹で弄りながら、舌を絡ませるキスをする。

口の中を躍動的に蹂躙《じゅうりん》され、尖らせた舌先で口蓋を擽《くすぐ》られると、じっとしていられないムズムズした感覚に襲われて、喘ごうとした拍子に唇の端から唾液を溢れさせてしまう。顎に滴る唾液は椋梨が舐《な》め取った。

淫靡さに頭がクラクラする。

濃厚なキスを長々と楽しんだあと、椋梨の唇と舌は楡崎の顎から喉へと下りていった。喉の尖りや鎖骨の窪《くぼ》み、生え際から頸《くび》にかけて。肩や腕、腋窩《えきか》にも口をつけ、指を走らせる。楡崎はどれだけの数嬌声《きょうせい》を放ち、はしたない喘ぎを零《こぼ》したか、とうにわからなくなっていた。

淫らに蠢《うごめ》かしていた腰を抱えられ、太腿《ふともも》を割り開かれる。中心でいきり立っている陰茎を握り込まれ、顎を仰《の》け反らせて乱れた声を上げた。

「あああっ、あっ」

薄皮をズリズリと扱《しご》かれた途端、頭の中で火花が散った。

強烈な快感が下腹部から突き上げ、頭のてっぺんから爪先まで官能で満たす。

一昨日の夜もさんざんしてもらって、飢えている感覚はないはずなのに、楡崎はすっかり貪《どん》婪《らん》になってしまっていて、いくらでも椋梨が欲しくなる。

扱かれてガチガチに張り詰め、肥大した陰茎を、椋梨の熱い口腔《こうこう》に含まれる。

先端の小穴に舌先を使われ、楡崎はシーツに爪を立てて悶え泣きした。

竿《さお》全体を吸われ、舌を辿《たど》らせて舐め回され、「いやっ、いやだ、やめてっ」と熱に浮かされた頭で繰り返し叫ぶ。嫌と言いながら、腰はもっととねだるようにくねらせてしまい、我ながら淫らすぎて眩暈《めまい》がする。けれど、自分では止められなかった。

先走りで濡れた亀頭を、頬を窄《すぼ》めて吸引され、裏筋に舌先をひらめかされる。

楡崎は我慢しきれず激しい嬌声を上げて椋梨の口の中に放った。

「ひっ、あ、あああっ」

「晶《しょう》」

イっている最中、ガクガクと痙攣《けいれん》するように震える体を抱きすくめられ、荒い息を吐く唇を小刻みに吸われる。

「あ、あっ、あ……一斗……っ」

楡崎からも夢中で椋梨の口を吸い、逞《たくま》しい背中に指の腹を食い込ませ、縋り付いて悦楽をやり過ごす。

椋梨の指は、ぐったりと投げ出した楡崎の後ろに伸びていた。

双丘の狭間《はざま》で淫らな収縮を繰り返す窄まりを探り当て、つぷっと一本埋められる。

「うう……んっ」

[illegible]してくる。

狭い筒を擦られて、淫猥《いんわい》な快感に襲われる。

椋梨は付け根まで穿《うが》った指を抜き差ししたり、中でぐるっと回したりして動かし、丹念に解《ほぐ》していく。

後孔を弄り回される恥ずかしさと、次々に湧いてくる悦楽で、楡崎はどうにかなってしまいそうだった。

一本だった指が二本に増やされ、その太さにも馴染んでくると、纏《まと》めてずるりと引き抜かれた。その際にも、ひっ、とはしたない声を立ててしまい、自分の声の妖しさに赤面する。

「晶」

椋梨の声にも欲情が滲《にじ》んでいる。

椋梨も感じて昂揚しているのだとわかり、嬉しさが込み上げる。

「来て」

甘えた表情で誘う。

「ああ。そろそろ限界だ」

もう我慢できない、と椋梨に求められるのに勝る歓《よろこ》びはない。

椋梨が寝巻きのズボンの紐《ひも》を片手で外す。

色っぽくて、官能的なしぐさだった。

楡崎が緩く開いた脚を、椋梨が大きく開き直させる。一昨夜も使ったローションをたっぷりと秘部に施し、ぬるつく襞《ひだ》の中心に張り詰めた勃起を挿《い》れてきた。

全身に強い電気を流されたような快感が走り、楡崎はなりふり構わず喘ぎまくった。

指とは全然違う質量、熱さに、息をするのもやっとになる。

注意深く捻《ねじ》り込まれ、進められてきた陰茎がすべて楡崎の中に収まる。

「入った」

掠《かす》れ気味になった椋梨の声が艶っぽい。

「熱い。大きい……すご、い……」

楡崎の声も上擦った。

「晶」

繋がり合った状態で抱きしめられ、名を呼ばれると、幸せを感じて泣きそうになる。

髪をあやすように梳《す》かれて、唇を啄《ついば》まれる。その間もグッグッと腰を小さく動かし、奥を突いてくる。

気持ちよさに楡崎は悦《よろこ》びに喘ぎ、椋梨と動きを合わせて法悦に溺れた。

楡崎の後孔を攻める椋梨の抽挿が次第に速度を増す。括《くび》れまで引き摺《ず》り出した剛直を、勢いをつけて一気に穿ち直しては、また引き出す。

わからなくなった。

悦楽にまみれ、惑乱したような嬌声を放ち、高みを目指して上り詰めていく。

ズン、と最奥を突いた椋梨が、抑えた声を洩《も》らしたかと思うと、ブルッと身を震わせた。

ほぼ同時に、楡崎も二度目の精を解き放っていた。

激しい快感に見舞われ、強い光を浴びせられたかのごとく頭の中が真っ白になる。

気が遠くなってきて、あ、落ちる、と思った。

暗転したように周囲から色が消え、音が消し飛び、足元が崩れて世界が崩壊する——。


「晶」

耳元で名を呼ばれ、肩を揺すられた。

徐々に意識が鮮明になっていく。

ハッとして目を開け、頭を擡《もた》げる。

傍《そば》に立って楡崎の顔を覗《のぞ》き込んでいる椋梨と目が合う。

「……一斗」

そこは書斎だった。愛用の書きもの机に突っ伏して寝ていたところを、椋梨に揺すり起こされたのだ。机上には使い込まれた分厚いノートが開いたまま置かれている。

「お帰り」

椋梨に労《ねぎら》う口調で言われる。

楡崎は乱れた髪を掻き上げ、椋梨にふわりと微笑み返す。

「ただいま」

4

恭久の葬儀は密葬で執り行われることになったそうだ、と尼子《あまこ》から連絡をもらったのは、タイムスリップから戻った翌日の夜だった。

「預かったノート、読み込んでみたよ」

『何かわかったか？』

「僕の推測でよければ、話すよ。受け止め方は憲俊《のりとし》に任せる。可能性の一つと考えてもらったらいい。けど、信じられなかったら作家の妄想だと聞き流してくれてもかまわないよ」

『聞かせてくれ。おまえの観察力と洞察力、俺は昔から一目置いている。いきなり大層な賞を獲《と》って作家デビューしたときも、やっぱりな、と思った。おべんちゃらじゃないぜ』

「お世辞でも嬉しいよ」

以前であれば揶揄《やゆ》としか受け止められず、冗談はやめろとムッとしていたところだが、今は素直に聞けて、嬉しいと言える。そんな自分が結構好きになってきていた。背伸びせず、焦らず、卑下もせず、今の自分を認めようと思えるようになったからだろう。

[illegible]、やっぱり会って話したほうがいいと思うから、食事でもし

[illegible]今回の件を一緒に考えてくれた人がいるんだ。いつもお世話になっている人で、今後もたぶん親しく付き合うつもりだから、憲俊にも紹介したい」

『それはぜひお会いしたいな。そうだ、そういうことなら悠真《ゆうま》も誘っていいか。加門恭久が出演していた大河ドラマ、毎週欠かさず観ていたし、俺たちの同窓生だと知って事件のこと気にしていたから』

楡崎は椋梨を、尼子は同棲《どうせい》相手の谷崎《たにざき》悠真をそれぞれ誘い、四人でという話になる。

三人とも、明晩都合がつくとのことだったので、楡崎も一つ予定を変更することにした。毎月御用聞きに訪れる老舗デパートの外商部担当者から、お勧めしたい商品が入った、と数日前に連絡を受けており、では見せてください、と軽い気持ちで約束していたのだ。日時の変更を頼むと、二つ返事で来訪時間を午後から午前に変えてくれた。これなら、用事を済ませたあと、尼子が都内に予約した店に余裕で行ける。場所は尼子がときどき商談で使う、雰囲気のいいカジュアルフレンチらしい。

当日の朝、椋梨から電話をもらい、先に二人で落ち合うことになった。

『約束の一時間前には渋谷《しぶや》に着けそうだ』

「僕も早めに行く。駅で待ち合わせて一緒に店に行こう」

おそらく尼子と谷崎もそうするだろう。

「じゃあ、あとでまた」

通話を終えてスマートフォンをスタンドに戻したとき、神内《じんない》から外商が来たと知らされた。

「客間にお通ししておいて。すぐ行く」

楡崎は薄手のセーターの上にジャケットを羽織ると、一階の客間に下りていった。


約束の時間に待ち合わせ場所の改札口に行くと、椋梨は先に着いていた。

「予約してもらった店の近くに、ワークスペースとして使えるカフェがある。ビルの六階に入っているせいか、いつ行っても適度に空いている」

そこがいい、と楡崎は椋梨の選択に賛同する。

尼子と会う前に情報を整理しておく必要があった。タイムスリップでわかったことに加え、戻ってから確認したこともあり、それには椋梨が一肌も二肌も脱いでくれていた。

広々としたスペースに、贅沢《ぜいたく》にゆとりを持たせて作業用のテーブルを配したスタイリッシュなカフェは、椋梨の言う通り申し分ない環境だった。静かに打ち合わせしたり、一人でノートパソコンやタブレット端末で仕事をしていたり、コーヒーやアルコール類を飲みながら小声で語らっていたりといった感じで、落ち着いた大人の空間という雰囲気だ。このビル自体に若者向けのショップがあまり入っていないため、渋谷でここは穴場なのだろう。

「如月様がフリーになる前に所属していた劇団に伝手《つて》がある知り合いを探して、裏方のスタ名前について聞くことができた」

八人がゆとりを持って作業できる大きなテーブルの端に横並びに座り、コーヒーを飲みながら椋梨が話しだす。

「明穂の母親の名前は雪菜、生まれた時期からしてあのとき妊娠していた子供に間違いない。だが、雪菜は四年前に亡くなっていた。どうやら癌《がん》だったらしい。明穂が劇団スタッフになったのはその後。恭久がメジャーになって世間一般に名を知られるようになるのは、さらにその後だ。雪菜は明穂と恭久が出会って恋愛関係になることを知らずに亡くなっていて、明穂を止められなかったんだな」

「明穂さんは自分が父親と血の繋がりがないことを知っていたのかな？」

「知ってはいたようだ。ただ、本当の父親が誰なのかについては、本人も別に知りたがっていなかったらしい。明穂の下には弟が一人いて、その子は夫婦の間の子だが、家族四人とても仲がよく、明穂は育ての父を実の父だと思って懐いていたそうだから、あえて聞こうとしなかったと思われる」

「そうか。じゃあ、恭久は、いつどういう経路から、ひょっとして自分たちはと疑い始めたんだろう？」

「当時を知る関係者で、恭久が悩み始めた時期に接触があったと思われる人物がいた。きみも知ってる人だ」

「えっ、誰？」

「小迫光子《こさこみつこ》という女性だ」

誰だっただろう……と楡崎は眉根を寄せる。

椋梨は勿体ぶる気はないらしく、すぐにもっとわかりやすく教えてくれた。

「劇団『夜空の月』で事務をしていた人だ。琢磨の最後の出演舞台のことを私たちに話して、チラシを渡してくれた女性」

「あ、あの人か」

楡崎ももちろん覚えている。すぐに顔が浮かんだ。

「劇団は十数年前に解散したが、小迫さんはその後も芸能界に関わる仕事を続けていて、今は芸能プロダクションでマネージャーの仕事をしている。あのノートに恭久が父親の名前と二十五歳という年齢を書いた日の少し前、恭久はテレビ番組の収録があった。その番組に女性アイドルグループ『チアーズ』も出演していた。小迫さんは『チアーズ』のマネージャーだ。恭久と顔を合わせて、琢磨の昔の話をした可能性はなきにしもあらずだと思って、直接本人に当たってみた」

「忙しいのに、そこまでしてくれたんだ。ありがとう、一斗」

業界のことなので、部外者の楡崎にできることはあまりなく、ここは椋梨のコネクションを頼るのが最も効率のいい調査方法だったとわかっていても、何もできなかった自分が腑《ふ》甲斐《がい》な

[illegible]椋梨に恩に着せようなどとは露ほども考えていないだろうが、労を厭わずいろいろと力になってもらって申し訳ない気持ちだ。

よかった。椋梨に、この偶然手に入れた品を渡すことができそうで。楡崎は傍に置いた革製のトートバッグに視線を落とし、ホッと一つ息を洩《も》らす。バッグの中に、椋梨に受け取ってほしい物が入っている。話が一段落したら渡すつもりだ。

「芸能リポーターを装って、電話で『チアーズ』に取材申し込みをした際、世間話の体で恭久に琢磨のことを話したことがあるか遠回しに聞いてみた」

「直接顔を合わせたら、小迫さん、三十年前に会ったことがある人に瓜《うり》二つ、って思い出したかもしれないね」

「さすがにあのとき一度会っただけの私を覚えている可能性は低いが、電話で済ませられてよかったのは確かだ」

そういう意味では、楡崎も椋梨も三十年前の琢磨とは結局一度も顔を合わせていない。バーテンダーとして働く姿と、舞台で芝居をしているところ、そして駐車場で雪菜と話をしているところを一方的に見ただけだ。この先、琢磨とはまた会う機会があるかもしれず、そう考えると、過去で対面しないままになったのは幸いだった。

「結論から言えば、小迫さんはやはり恭久に父親が若い頃の話をしていた。当時のことを懐かしんで、琢磨にも熱心なファンがいたこと、実はその女性と琢磨は親密だったのではないかと密《ひそ》かに想像していたこと、そして、その女性が雪菜という名前だったことも、ついポロポロと喋ったようだ。恭久はそこからじわじわと、もしかして、と疑いを濃くしていった可能性がある。山名明穂から母親も若い頃演劇好きでとか、断片的に聞いていたことが徐々につながっていき、疑惑が大きくなっていったのではないかと思う。このあたりは想像になるのだが」

「あり得そうだよ」

楡崎は慎重に考えてから言葉にする。

バッグから、尼子に返却するために持ってきた、恭久の日記ノートを出し、ページを捲《めく》る。

「苦悩している箇所を読み返すと、具体的なことは何も書かれてないけど、ずっと何かを疑って、探りを入れて、さらに疑惑が増して、また確証を得ようともがいていた心の動きが、端々の言葉選びから察せられる」

楡崎は、生々しい言葉選びに衝撃を受け、魂を揺さぶられた。こんな書き方、感情表現の仕方もあるのだな、読み手に強く訴えられるんだなと、教えられた心地だった。具体的に書かなくても伝わるものはある。それをつぶさに感じ取った。

「明穂さんは、聞かれるままに両親のことを話したんだと思う。隠すことなんて何もないと本人は思っていたはずだし。恭久は小迫さんに聞いた話と、明穂さんの話が符合するたびに、絶望を強めていったんじゃないかな……」

「二人がこんなふうになった原因がわかっても、ではどんな解決策があったのかとあらためて考えが合わなければよかったとしか言いようがない。救いようのなさが堪えるな」

「うん。他人同士として出会わなかったら、間違いは起きなかったかもしれない、と考えるのがせいぜいのような気がする」

事件のあらましはだいたい解き明かせたが、全貌がわかっても救いがないことには変わりなく、しばらく二人して黙り込む。

「……そういえば、琢磨さんは、あの後、一度は静岡に帰ったのかな」

雪菜とはそれを機に別れたままで、再び東京に出てきたときには、今の結婚相手がいたのだろうか。なんとなく気になった。

「家業を継ぐつもりで帰ったようだが、やはりどうしても性に合わず、両親と腹を割って話し合った結果、企業に就職することになったようだ。家は妹が婿養子を取って継ぐということになり、たまたまそういう男性と交際していたから、妹と母親に後押ししてもらえたらしい。父親も、演劇は捨てるとキッパリ約束し、サラリーマンになるというのを落とし所にすることで、そこまで家業が無理なら仕方がないと認めたんだろう。恭久の母とは、東京の就職先で出会ったそうだ。雪菜とは一切連絡を取らなかったのではないかな。役者を辞めた以上、追っかけまでしてくれていたファンに会うのは、いろいろ辛《つら》いし、バツも悪いだろう」

「うん。僕がその立場でも、会おうとは思わないかも」

「おそらく、今もって琢磨さんは、息子と一緒に亡くなった女性が、実は自分の娘だなんて想像もしていないだろう」

「このまま、知らせないほうがいいよね」

「……難しい問題だが、残された者の気持ちを慮ると、このままそっとしておくほうがいい気がする。雪菜さんももう亡くなっていることだし」

「そうだね。それがいいと僕も思うよ」

自分たちがどうすべきか、考えの擦り合わせもでき、話が一段落したところで、楡崎はノートをバッグに仕舞い、代わりに、高級紙でセンスよく包装された細長く平たい箱を取り出した。

「これは？」

「一斗に、僕からプレゼント」

「贈りものは嬉しいが、理由もなくもらうのは気がひけるな。まさか、今の話を聞き出したからお礼にとでもいうつもりか？」

「ふふ。いいから開けてみてよ」

戸惑う椋梨に楡崎は促した。説明するより、見てもらうほうが早い。

椋梨は躊躇《ためら》いがちな手つきで箱に掛けられたリボンを解き、丁重に包装紙を留めているテープを剝がす。

「万年筆？　それとも眼鏡？　あっ、ひょっとすると時計か！」

……スリップした先で時計を換金したので、代わりの品を楡崎が贈ってくれるのだと合点

「当たり」

楡崎はさらっと答え、ニヤニヤしながら椋梨の横顔をじっと見つめたままでいる。

「べつに気を遣ってくれなくてよかったのに。いや、だが、嬉しい。ありがとう、晶」

「今日の午前中、伊勢越《いせこし》デパートの外商さんがお勧めしたい品が手に入りました、っていろいろ見せに来てくれたんだ。これは、その中でも特にアンティークの掘り出し物ですって力説されたやつ」

「アンティーク？」

勘のいい椋梨は、もうこの時点でハッと閃《ひらめ》いた様子だった。

まさか、とばかりに箱を開ける手が速くなる。

楡崎も横で見ているだけなのに興奮してきた。

「これは……！」

最後は慎重な手つきで化粧箱を開けた椋梨が絶句する。薄々予感してはいても、およそあり得ない奇遇すぎる成り行きに、頭がついていかなくなったようだ。

「晶、これ、きみが買い戻してくれたのか」

「だって、それ、あなたの一番のお気に入りでしょ。あの時は、売ってもらってあの時代のお金を手に入れるしかなかったけど、取り返しのつかないことさせちゃったなと申し訳なく思っていたんだ。二度と手に入らないと思っていた希少品が、回り回って馴染みの外商さんのところに来ていて、それを僕が買い戻せるなんて、これ以上の必然がある？」

言葉のあやではなく、決して大袈裟《おおげさ》な表現でもなく、これこそ運命だと楡崎は思ったのだ。

「その時計、元々あなたのものだから。受け取ってくれないと、別れるぞ」

「な、何を言い出すんだ、きみは」

椋梨は本気で面食らい、動揺していた。

「別れるはもちろん嘘《うそ》だけど。そのくらい僕は本気ってこと」

我ながら今自分は人の悪い顔で笑っているに違いないと思いつつ、楡崎は箱に収まった時計を手に取った。

「手首、出して」

椋梨が遠慮がちに差し伸べてきた腕に、椋梨が愛用していた時計を巻きつけ、金具を留める。

「ほら、やっぱり、これがあったほうが一斗らしい。僕もこの時計好きなんだ。一斗がしているのがね」

よかった、取り戻せて、と明るく笑うと、椋梨もふわりと微笑み返してきた。

「ありがとう。このお返しは近いうちに何か考えておこう」

「ふふ。楽しみにしてる」

[illegible]ようという椋梨の気持ちそのものが嬉しくて、楡崎は

遠慮せずに喜んだ。

「そろそろ行こうか」

あと十分ほどで店での待ち合わせ時間だ。

二人は飲んだあとのプラスチックカップを片付け、居心地よかったワークスペースカフェを出た。

エスカレータを乗り継いで一階まで下りる。

「今日会う二人は、つまり、そういう仲なのか？」

「そう。十一月だよ、一緒に住むって聞かされたの。僕が一斗に会う直前。憲俊とは高校大学と一緒だったんだけど、悠真は大学に入ってからの友人。三人で一緒にいることが多くて、卒業後もちょくちょく集まっていたんだけど、まさか、二人がそういう仲になっていたとはまったく気づかなかった。やっぱり僕は恋愛沙汰には鈍いんだなって落ち込んだよ。恋愛小説なんて後にも先にも処女作以外書けないんじゃないかと思い知らされたみたいで」

「そんなことはないと思うが」

下りのエスカレータで、楡崎の前に乗った椋梨は、背中を向けたまましっかり通る声で否定する。

「確かに二作目はどこか迷走気味で、消化しきれていない部分が見受けられたが、次は、今の[illegible]きっと書ける。頭で考えるだけじゃない生の感情にもいろいろと

自分との向き合い方なんかにも新たな発見が

あったんじゃないか。きみを見ていると、そうしたことにじわじわと影響を受けているのが感じられる」

「……恥ずかしいから、一斗にしか言わないけど……」

楡崎は前に少し身を乗り出して、椋梨の耳に顔を近づけ、小声で返す。

「今書いてる原稿と向き合ってる自分は、今までとはなんとなく違う気がしてる。こんな言い方したら版元にも読者にも顰蹙《ひんしゅく》買いそうだけど、やっと自分の意志で原稿と向き合っている感覚なんだ」

だから、と楡崎は唇をぎゅっと一度引き結ぶ。

「今度はとことん足掻《あが》いて、納得がいくまで捏《こ》ね回して、必ず最後まで書き切ってみようと思う。もう誰も待ってないかもしれないけど」

「私は読みたい。本になったら買って読む。ならなかったら……なんて、今は考えなくていいんじゃないか。そのときは、そのときだ」

「そうだね」

編集者でも、版元のお偉いさんでもない椋梨は、適当なことは決して言わないが、それだけに誠実さと真剣さが伝わってきた。

他の誰でもない、椋梨が読みたいと言ってくれる。これ以上、楡崎にとって励みになる言葉はなかった。

「ねぇ」

ビルの外に出て、歩道一杯に人が歩いている渋谷のメインストリートを歩いてレストランに向かいつつ、楡崎は一歩前に出て椋梨を振り返り、半ば冗談っぽく、本当はめちゃくちゃ本気で言った。

「二人に、一斗さんのこと、恋人だって堂々と紹介していい？」

「しないつもりだったのか？」

椋梨からの返事は明快で、楡崎はその場でわあっと快哉《かいさい》の声を上げそうになった。

あとがき

現代人がおよそ百三十年前の英国にタイムスリップして、ご先祖の隠されたロマンスを探り、自分もまた好きな人と出会う、という表題作は雑誌用に書き下ろしたものでした。今回続編にあたる話を執筆し、併せて文庫にしていただきました。

本書を手に取ってくださいまして、ありがとうございます。

最初の作品ではタイムスリップ先を十九世紀のロンドンとその近郊にしました。十九世紀末のロンドン、ビクトリア朝というのは、海外ドラマなどでちょくちょく見ていて、他の時代よりなんとなく惹かれます。そこに主人公を行かせることで、自分も一緒に十九世紀のロンドンを歩いている気になって楽しかったです。古いものと新しいものが絶妙に混ざり合った過渡期という感じがして、興味深い年代でもあるなぁと思います。

続編は三十年前の日本にまたもやタイムスリップする話です。私自身知っている年代だし、十九世紀のロンドンよりは書きやすいだろうと思っていたのですが、やっぱりいろいろ違っていて、時の流れをまざまざと感じました。

当初は同じ日本だからお金の心配もなくて楽だよねとか思っていたのですが、三十年前の世

しまだ発行されておらず、そんな古いお札をいきな

いるはずもなく、当然未来人のクレジットカードなんか使えないし、と考えが甘かったことを突きつけられました。結局十九世紀のロンドンに行ったときとそこはあんまり変わりませんでした。

このあたりの辻褄合わせ、悩みながらも、じゃあどうしようかと考えるのが楽しくもありました。

二編を通じて楡崎と椋梨が過去に飛び、素人探偵よろしく真相を探る傍ら、自分達の関係性を深めていく話、読者様にもお楽しみいただけましたなら嬉しいです。

楡崎の作家としての成長も少しはあったかな、あったらいいな。きっと三作目の本、書き上げてくれると思います。

イラストはミドリノエバ先生にお世話になりました。雑誌掲載時から素敵なイラストの数々をいただき、本当にありがとうございます。十九世紀のロンドンと現代の日本では、絵の中に流れる空気に国と時代の差を感じて、感激しました。

制作にご尽力くださいました編集部の皆様にもお礼申し上げます。今後ともよろしくお願いできれば幸いです。

それでは、また次の作品でお目にかかれますように。

ここまでお読みくださいまして、ありがとうございました。

遠野《とおの》春日《はるひ》拝

この本を読んでのご意見、ご感想を編集部までお寄せください。

《あて先》〒141-8202　東京都品川区上大崎3-1-1　徳間書店　キャラ編集部気付
「百五十年ロマンス」係

【読者アンケートフォーム】

QRコードより作品の感想・アンケートをお送り頂けます。

Chara公式サイト http://www.chara-info.net/

■初出一覧
百五十年ロマンス……小説Chara vol.43(2021年1月号増刊)
続・百五十年ロマンス……書き下ろし

百五十年ロマンス……【キャラ文庫】

2022年3月31日 初刷

著者 遠野春日
発行者 松下俊也
発行所 株式会社徳間書店
〒141-8202 東京都品川区上大崎3-1-1
電話 049-293-5521(販売部)
03-5403-4348(編集部)
振替 00140-0-44392

印刷・製本 図書印刷株式会社
カバー・口絵 近代美術株式会社
デザイン モンマ蚕(ムシカゴグラフィクス)

ISBN978-4-19-901060-6